做光的孩子

孩子

柒岳

著

长江文艺出版社

柒岳，本名何翠云，媒体人，武汉大学研究生毕业，籍贯湖北公安。自小爱好诗歌，学习工作生活之余，偶尔闲散提笔。因出生仲夏，故取谐音名为柒岳。

诗人梁小斌 2022 年 10 月 30 日于合肥

紫云：

灵性时代需要性灵的女诗人。

雷抒雁

2022年·9·9·
北京

什么是放下 / 我问自己 / 原谅世界 / 和自己 /
所有的错吧
——选自《放下》

——谨以诗集献给伴自己成长的师长亲友——

本性真如

—— 柴岳诗歌一瞥

黄以明

诗性是生命的本来面目，人生在世，所有的努力也都是为恢复这个本性真如的诗性在做准备的。但做准备工作的时候，一旦滋长了贪婪和功利，使生命渐行渐远，便趋于自毁。但是自古到今，还有一批人，就如"汲汲鲁中叟，弥缝使其淳"——这个"淳"就是真如，就是人类的诗性——这一批人就是诗人和思想者们。他们使用的语言对生活的诗性进行抢救。用诗与思想性的语言来把诗性从生活中抢救出来，有两条道路：一是天真，二是经验，再无其他。所以，我一直把诗人分为两类：天真的诗人和经验的诗人。柴岳就是天真的诗人。

柴岳无意成为诗人，她读初三时才十三四岁的时候，功课之余就在用过的作业本上，把萌发的莫名其妙的一些感受和意念悄悄地记录下来。结果她的老师发现了，告诉她这是诗啊，后来老师为她办了一期"柴岳抒情诗选"黑板报专刊。这些句子是写她和亲人、玩伴一起嬉闹、割草、摸鱼……这些自然灵性的交流。暮色、炊烟、母亲炒菜时给锅里加水的声音……伴随着稻香的清风、河水的涟漪，构成了她幸福童年的天堂。后来，十几岁的少女触动了人性的情怀，她突兀地遇到了一种强烈的奇妙和玄秘，不由自主地把这种强烈的感情和愿望写了下来：

光

火柴盒
火柴梗
擦肩而过
寒冷的季节
……
那闪现的火星
昙花般的精灵
一生的芬芳
竟瞬间开放

这一刹那，她遇到了什么？她遇到了这个伟大的中华文明的六经之首《诗经》的首篇"关关雎鸠"的场面；她遇到了西方圣者歌德的"哪个少女不会怀春，哪个少男不善钟情"的时刻。这就是人性通向诗性的最伟大的时刻，我们人类对光荣与梦想最初的发动就从此迸发。往具体来说，多少后来成为世界杰出人物者在少年读书时代，就是因为这种生命意识的苏醒，开始萌发爱情、高贵、尊严这些美好的人性，激起了远大的理想和抱负，产生了学生时代年年力争优秀、次次考试力争第一的动力和精神源泉！

我们把柒岳遇到的这种奇妙的感觉，命名为爱的萌发。天真的人自然会指向对全人类的热情与诗意，功利的人就迅速地滑向本能与物质。

多远

幸福离我

多远

……

树上的果子熟了

仿佛

秋天

……

我走过来走过去

却走不到水的那边

少女对心目中的偶像，往往都是走向暗恋的。女孩的暗恋是天真诗意的，如幽秘的梦境。她用笔把这种梦境的朴实、单纯直接落到纸上。这种"生命不能承受之轻"就通过这种天真的句子一句句写下来、承受下来。甚至煎熬，她也无一不是这样去迎接。对方没有意会她的心思，她误解人家不理她，于是她这样写道：

告别

……

如果无法走近

就让我们用灵魂

丈量天空

星与星之间的距离

如果不愿回眸

就在夜色中远离

只剩

淡淡雾气

一个女孩就这样通过了生命的第一道严峻的考试。这是人性高尚与庸常、美好与迷误、成长与毁灭的天堑，人人都必经的"少年维特的烦恼"——我们庆幸它正是诗意。柒岳用写下天真的诗句这部最神奇的天梯，使自己的生命得到了升华。

我们经常大惑不解的是，并不是孩子们禀赋的高低、勤与懒的现象。在一群学童中这个成为学霸，那个却成了差生，这让父母们着急万分；可是又有多少父母想到在家庭教育和引导中细心地体察孩子们的人性成长和感情世界？只是一味地责罚。柴岳以优异的成绩从武汉大学研究生毕业，又被首都北京的一家官方报社从地方遴选进京，成为这家报社的优秀笔杆。我接触到她，是她对我的一次采访。我惊讶于她把评论书法的文章写得那么精彩，以为她是文化版的记者，了解后才知道她是报社的评论员，采写的文章包括宏观经济、房地产、政治体制改革、城市消费、乡村建设……几乎涉及时代的方方面面。多年来她持续关注"三农"问题，尤其是她提出新乡贤文化在当前振兴乡村中的重要意义的专栏文章，引起了社会的关注，湖北省村镇建设协会还授予她乡村建设的模范称号。这些都引起了我的深思：一个人，当他的生命找到了回归本真的道路，当他的思维品质还有天真的诗性，他不管从事什么职业和做什么研究，一定是这个行业的佼佼者。记得获得诺贝尔物理学奖的李政道先生也说过与我类似的观点。无论是李政道先生提出"一心求真"，还是陶渊明先生推崇的"弥缝使其淳"，其实，我们所有的努力都是为了恢复本性真如的诗性——这个生命的本来面目。我想，袁隆平、杨振宁、任正非……这些我们民族的骄傲，他们的本色一定是一个天真的诗人。

2021 年 10 月 13 夜于北京

"望美人兮天一方"

胡成功

今天得空，一口气看完了诗作，的确有一种审美的愉悦。

没想到柒岳这些年还一直以"父辈躬耕的姿势"，在青春原野上耕耘。如今即使不是五谷丰登，也是种瓜得瓜、种豆得豆了。

诗很好！清新明快，简约流畅，意象鲜明，意境禅雅，读后让人印象深刻、隽味难穷。有的诗作很有冲击力，让人不得不中断阅读，掩卷而思。

吟咏对象繁复多彩，人生轨迹、心路历程、父母兄友、爱恋憎恶、山河风雨、花鸟草虫，皆在诗中被她赋予了新的生命；也有一再出现的关于"等"以及所等的人的隐喻……正如屈子"望美人兮天一方"，耐人寻味、发人沉思。

不同的读者都可以在里面找到喜爱的诗作，都可以找到浇自己心中块垒的酒杯。

诗作仿佛是把少女的闺房向世人敞开了，一点也不加整理，丝毫也不掩饰，人们尽可以来寻芳探雅猎奇……

正如开篇诗句"放下";正如作者所言，敞开自己的心扉，是一种释然、一种看淡，更是彻底的放下。

不过，个别诗篇写作手法还显稚拙。的确，不同时期的作品，应保留当时的"真实"，这一点，或可商榷。

总的来说，是一部很好的诗集。

柒岳，来自"三袁"故里，颇得"公安派"真传。相较于形式与技巧，她更注重发乎精诚、出自性灵、率真抒写、不拘格套。

在她的诗作中，处处可以感受到从内心深处自然流露出的那份纯真与坚持。拙朴以真，乐而忘机。

多年没有看过文学作品了，更没有评过，以上只是零星地记下了我的一些不成熟、也不一定正确的看法。

轻吟浅唱皆本真

——读柒岳的诗

陈雪根

一

大概世纪之交前后吧，一次参加一个商务活动，当主持人宣告"下面请几位京城诗人朗诵诗歌"时，我落荒而逃。那时我认为，人人都在为金钱奔走之际，这样的活动显得有点酸腐。

有一阵子，诗歌，确实从我们的生活中消失了。

诗歌之于我，只是一种奢侈和奢望。但其实，她始终陪伴着我。

在为赋新词强说愁的少年时代，我的生命中没有诗的踪影，有的只是日复一日艰难的生活和枯燥乏味的课本。但惊醒我的正是诗歌。

有一天，同学带给我一本已经发黄但保存完好的课本，那是他父亲读书时用的。我翻开课本，第一次读到《诗经》中的著名诗篇，不禁为之一颤：原来，中国还有这么优美的文字！寥寥数语，活灵活现，直抵心灵，那种震撼至今刻骨铭心。从此，诗歌就在我的心中占据了至高无上的位置。但我是一个讷于言的人，既不善于口头表达，也不善于付诸笔端，因此，写诗，对我来说，只能是一种可望而不可即的事。但这并不影响我欣赏崇拜诗人。

在青春飞扬的年代里，从西方莎士比亚、白朗宁、普希金等的十四行诗，到东方的泰戈尔；从唐诗宋词到近现代诗人；从湖畔诗人到徐志摩、郁达夫，从艾青、臧克家到宗福先、朦胧诗人等，各种风格的诗歌，囫囵吞枣读了不少。但从来没有写诗的冲动，只有对诗人的膜拜。

二

柒岳是我的同事，刚到报社工作不久，就从别的部门到了我部门。那个时候，她总是独来独往，不哼不哈，没有一点诗人的迹象。以后，偶尔收到一首她发来的诗歌，我也没怎么看。在我的感觉里，这个世界已经没有诗人了。偶尔，我也会认真地读一读她的诗，有时甚至班门弄斧，还提点意见。就这样，慢慢地，我的印象有所改变，她的诗逐渐引起我的注意。我这才发现，从少女时代起，她就一直在写诗，而且写得确实还不错。于是，我就鼓励她把多年积累的诗歌编选一下，结集出版。

在忙忙碌碌的生活中，几十年如一日地写诗，不是诗人是什么！柒岳的诗歌写作，给我的体会就是，"以本真之心观万物，万物皆有诗意"（柒岳语）。写诗并没有那么神秘，诗人有可能就是我们的同事。

这几年，随着年龄的增长，我身边很多同学、朋友都成了词人。在我看来，诗是属于少年的，词是属于老年的。借用张爱玲的话来说，写诗要趁早。

柒岳收在这部集子里的诗作，最早是她读初中十三四岁的时候，功课之余在旧作业本上写下来的。那时，她并不知道这是诗，只知道青春勃发，有许多情愫需要抒发。她的老师发现了她的诗作，并为她办了一期"柒岳抒情诗选"黑板报专刊，她从此一发不可收拾。柒岳说："我们每个人可能一辈子都成不了诗人，可是我们每个人都可以有一颗诗心。"这诗心需要发现，需要鼓励，更需要历经人生的磨炼、矢志不移地坚持到底。诗人就是这样炼成的。

在这部诗集出版之前，柒岳多次找我，要我写个序，都被我"谦虚"地搪塞过去。我很怕在诗人面前献丑！我也确实说不到点子上！因此，这篇所谓序，实在不敢称序，无非是我的一点阅读体会罢了。"每个人心中都有一个哈姆雷特"，每个人也都可以从这部诗中读出不同的柒岳来。这是我终于斗胆写几句的底气。

三

柒岳的家乡是湖北公安，是明代"性灵文学"公安派"三袁"的故里，也是天台宗智者大师的出生地。如果因此就把柒岳的诗归于性灵派门下，自然有点牵强；但你仔细读过之后，就会承认，一方水土养一方人，柒岳的诗，还真有性灵文学遗风。用她自己的话来说，就是"我写皆我心，只是本真"。本真，就是回到生命的原生态，自然空灵。天真清浅，一如生命。因此，她所收集的，皆真心之作，清浅并天真。天地之间，一颗真心足矣。这个写作的本愿，实际是跟性灵文学相契的。

为了写这篇"作文"，我认真地读了这部诗集中的每一首诗，我的印象是清新轻灵、直抒心意；有时略显稚拙，有时敏感羞涩，有时超凡脱俗，有时颇有禅意，从中可以看出柒岳的人生轨迹和不同时期的心灵感悟。但无疑都是她真情实感的自然流露，不加雕琢，不事掩饰，凸显出性灵派"性情之外本无诗"的真谛。在写作手法上，也是"独抒性灵、不拘格套"，一字一词皆成诗句，天地万物皆备于我。

柒岳的这部诗集，大致可以分为三个时段，分别是：懵懵懂懂的少年时代、适应人生社会的奋斗阶段以及历经人生磨炼后的感悟阶段。用三个词来表达，也许可以概括为：情、思、悟。对于这样的内在心性与精神的成长，整个诗集完整呈现了其心路历程。其中，给我留下深刻印象的诗作有不少，有表现少女情怀的，如描写青春期少年复杂忐忑内心世界的《十五岁记》，如《雨巷》般细腻彷徨的《少女》，用风筝作意象的《想望》，似乎满不在乎实则牵肠挂肚的《观云》，用雪、水、火、星比喻爱情的《爱》，以及凄美的《光》，等等。

有表达思乡思亲之情以及彷徨抗争的，如旋律优美、反衬强烈的《游子吟》，渴望人心纯净明亮的《明眸》，追求山的刚毅、水的柔情、树的挺拔的《断章》，快乐于各自的快乐、痛苦于自己的痛苦的《万物都有裂痕》，深情款款的《我的名字》，内心彷徨、有点自弃的《需要活着》，相信生命中总会有亮光的《会有天使》，向往简单美好快乐的《透明的心》，"一想你／我的世界就倾斜了"的《写给友人》，感叹韶华易逝信仰永在的《欢喜这神灵——生辰记》，年轻母亲思念年长母亲的《忆母恩》，童趣盎然充满画面感的《童真》，氤氲着母亲饭菜清香的《妈妈的味道》，手足之情溢于言表的《这样一个》，呼唤时光逆转、让所有爱的人都能回来的《千树花开》，等等。

有表现禅机、人生智慧的，如花里看佛、水中学禅的《此身》，以谅解、释然、看淡的心态与自己和解的《放下》，如赤子般自然纯真的《归于静寂》，看尽繁华悟透人生的《不若归去》，相信生命周而复始死而后生的《阵地》，摒弃纷争回到本真自我的《假象》，标榜出淤泥而不染独立遗世的《假如》，"相信流过泪的眼睛／痛过的心／更为悲柔"的《子非鱼》，看透生死轮回的《大事》，咏叹世上没有永远的主角也没有永恒的看客的《这世间》，惜墨如金写尽禅趣的《何以抚心》，冷眼旁观辩证看待进退好坏的《知止》，每个人都可以真、每个人都可以为光、每个人都行走于道的《率真为道》，放下执念的《悟》，静观花开花落与世无争的《尘中》，顺其自然不喜不悲的《会醒》，用象征的手法表现内在、禅机与智慧的《宝藏》《找自己》《归矣》《无人之境》，一如水墨画般充满机巧的《渡》，等等。

　　这些诗，柒岳都能以凝练的手法、用极简短的词语、如白描般的画面、可歌可唱的旋律，醒目地刻画出生命的本真、人生的智慧与哲理，以及如天地日月般深厚自然的情感。从中可以看到人生的旅程、心灵的成长、精神的升华。正所谓"千古诗心，千古家园，谁说不是如此呢？"

　　还是让我们来写诗读诗吧！

2022 年 3 月 12 日于北京

吾手写吾心

随手写来，本无结集的心。朋友鼓励：结集是对自己的一份肯定，物质的世界终会消失，但精神的能量却会永恒。

两千年来我们仍在读诵《诗经》。精神之能量于我是一种滋养，总渴望回归那份真纯明澈的生命之气。

喜欢这份生命的清浅。或许，生命本该如此，本真、澄明、透彻，可照见过去、自己，还有未来。

诗集第一部分多是十几岁时的作品，学生时代，为赋新词强说愁。第二部分也只是心理上的波动与感悟，都是些天真的句子。后面部分，一路求索，一点参悟，还是浅，浅得可以照见自己。生命如一面镜子，一种映照。我们只是观者，你看见你的，我看见我的。

世界本是我们的映照。我们怎样，世界便怎样。反观自照，内求自性之光、外护人性真善，有光、明亮的世界，或许可能。

我写皆我心，只是本真。敞开自己的心，是一种释然、一种看淡，更是彻底的放下。文字结集，以怀成长，以敬成长。

北大哲学系楼宇烈教授提出"关注精神生命的成长"。或许我的诗歌写作就是这样的一种探求，关注自我内心的成长，向内找寻自我，回归生命的初始状态，自然空灵，天真清浅。"此心作净土／光明且返乡"。

生命清浅可自照，吾写吾心皆自然。回归本真，归于自然。

不让世界打扰自己的心，活出有光的样子，欣悦、澄明，不要怒烦怨仇来相染。天地过客，别无他求，只愿，此心澄明。从黑暗、混沌向着光明，从物质、物欲向着灵魂与空灵，或许这既是精神上的一种自我救赎，是一种求生、一种求索。终归光明，终归混沌，终归空灵。生命，终究是这样一个自我觉知、自我发现、自我成长、自我完成的过程。

生于诗之国度中华，爱诗乃天性。千古澄明一诗心。以本真之心观万物，万物皆有诗意。大千世界，三千烦恼，只要你愿，皆可为诗。

所收集的，皆真心之作，天真、清浅、明澈，天地之间，一颗真心足矣。

"我会沿着／这条小路／一日千里……做光的孩子／萌发"，做光的孩子，天真、明泽，于万物之中，欢喜。

目　录
CONTENTS

第一辑　少年稚笔

第八辑　永怀希望

第 一 辑

少 年 稚 笔

遭遇青春

时间为我画了一条直线
那是快乐无忧的童年
还有纯真可爱的少年

什么时候开始了
别扭　害羞
一些莫名其妙的忧愁

学会了长吁短叹
总觉得路越走越难
莫非时间开始
为我画起了波折线

母亲说，身子开始发育
老师说，青春期到了
书本说，青春是一片沼泽地

走过的人们
总想给后来者以警示

可谁又能躲过青春

啊，青春
是一段波折
青春
是一个陷阱

稚笔（组诗）

1. 春天，有个人

春天来了
小河的水荡起来
田野的绿漾起来
阳光中有个人
低着头

春天来了
鸟儿衔着
细雨洒过来
田埂上有个人
披着雨

我默默看他
低头沉思
我静静听他
长声叹气
是在咀嚼生的苦涩

还是在捕捉春的诗句

2. 不要说

春天的花儿开了
不要说
你被遗忘在秋的角落

朝阳拥着你和我
不要说
干涸的心灵永远是沙漠

放下忧郁的担子
不要说人生
是无休止的无情拼搏

岁月的年轮
充满漩涡
流泪并非一定软弱

请什么也不用说
让岁月牵着你和我
去默默开拓

3. 稚笔

月华清辉
微风敲响
你的窗

黄叶连天
细雨敲打
你的窗

关闭的窗
溢出
温馨的烛光

小虫儿透过玻璃
读你
亲切的脸庞

关闭的窗
镶着
你执着的梦想

多情的枝条

为你嫩绿

为你枯黄

十五岁记

我的心是一张网
默默挂在树上
常常上不着天
下不着地彷徨

我的心是一张网
见了蝴蝶
就想飞翔
见了知了
又想欢唱

我的心是一张网
风一来
就摇晃
雨一来
全是伤

少女

你走过来
她转过身
她不用她的眼看你
她用的背影
她的长发
她的每一根神经
每一丝战栗看你

你望过去她垂下头
她不用她的眼看你
她用她羞红的脸
明净的额
紧闭的唇
如黛的眉看你

她不用她的眼看你

年轻的日子（组诗）

1. 看花

桃花开

梨花开

蜂儿蝶儿

一路唱过来

看花去

有约你不来

风来

雨来

呢喃的燕子

三月

和着看花的人们

纷纷地来

2. 听雨

小雨

淅淅沥沥

江南

油油的青草
漫过
所有的原野

小河的水
淌着
绿

谁
是我的
天与地

让我
也做棵青草
疯长

在这一个
潮湿芬芳的
雨季

3. 等待

不在此时
也许
我会错过
但我只想等待

用一片雪洁雪洁的
空白
和一颗冰清冰清的
心

也许不在此时
等待
生命
有着自己的季节

白雪
覆盖着大地
时间
那么静寂

4. 观云

你将心事藏在
浅色的笑中
若无其事地
将目光放到
天边
没有谁望见
云舒云卷

年轻的你
坐在窗内
年轻的心
飘在天外
年轻的日子
总在窗前
观云
一去不再返

5. 无端

请原谅

我敲响

你的门

只是渴求

一线光明

无意

惊扰

你的宁静

开了又合上的门

合着却开启的心

请原谅

这

无端的来临

6. 写诗

一声鸟鸣

一棵春芽

一阵风

都会

将你惊动

你醒着

却在做梦

梦里花开

非常美满

就这样吧

写字

做梦

行走

没有牵绊

7. 想望

做你手中的

风筝吧

放飞我

多想

我

在你的目光中

你

在我的天空下

无论多远

无论未来

可是

谁是你

在

我的未来

秘密

总在清晨
走过
那条落花的小径
日日
都是寻常的日子
总是流盼
双目

即便邂逅
没有言语
夜深人静
记下日记
写一个名字
没有人发现
这是个秘密

纯洁

如一场雪
融入日记
化雪的寒意
很苦
多年后
会不会
咀嚼出幸福

将这寒月光
也收进书页
某个深夜
提笔忘字
一些心事
未曾吐露
一些情愫
永不会倾诉

爱

你渴求
爱得纯洁
于是你爱雪
雪的洁白

你渴求
爱得温柔
于是你爱水
水的柔情

你渴求
爱得热烈
于是你爱火
火的炽烈

你渴求
爱得永恒
那就爱星吧
星光幽远清淡
照亮赶路的人

真想

真想
与你
手挽手

共读一窗星光
静听
吊兰
被雾气轻轻敲响

真想
与你
手挽手

共享冬日的阳光
梅树下
问花
能否共度沧桑

错

也许早在不经意的刹那
你已走过
沉默的

错过的机缘
正如错过季节的种子
不再萌发

我守候着
固执地
站在月下

隔

你是焦点
而我只是
一道暗淡的光
朝着
远离你的方向

可你知道吗
你的声音
让整个夜空
不再安详
我能向谁说呢

所有的星星
都在天上
我离你很远
露珠
打湿了我的双脚

懵懂

你是我生命的基调
你的漠然是我的忧伤
你的欢颜是我的阳光
你的脚步
将我寂寞的心弦弹响

你是我生命的基调
我慷慨激昂
我婉转凄凉
你目光的触须
蔓延在
我人生的乐章

光

火柴盒
火柴梗
擦肩而过
寒冷的季节

偶然相碰瞬间
激出一道火光
漆黑寒夜里闪过
如流星从天空滑落

这片刻的亮光
如此辉煌
我燃烧着自己
忍不住哭泣

那闪现的火星
昙花般的精灵
一生的芬芳
竟瞬间开放

九月秋

秋夜

弯月

薄雾

虫鸣

摇曳的烛光

似迷离的眼睛

从前

宛如烟云

焚尽

抓一支笔

扯一张纸

将心事胡乱

涂成一个美女

想你

已在繁华异城

想你

醒来

却是冷月寒星

初春

春天
有名的花开了
无名的花开了
你是否还能记起
我的名字
歇在哪一朵花里

冬天已过去
为何
空气如此清冷
我的心也同样
如冰冻的土地
乍暖还寒

风来了

我在匆忙中
不曾回过头去
昨天
阳光四溢
晒着花被单的秋天
很远了

风来了
寒冷
藏起来
藏在斗室的苍白里
听不见风
听不见雨

听不见
灵魂的
私语
窗外
高高的墙壁
灰色的天宇

多远

你的房子就在那边
我知道
你就在房子里面
幸福离我
多远
可以张望
可以幻想

树上果子熟了
仿佛
秋天
幸福离我多远
我走过来走过去
却走不到水的那边

稚语

真希望永远只是初恋
没有厌倦　相弃
还有斩不断理还乱的愁绪

真希望永远依恋在母亲身边
听她讲永远讲不完的故事
还有叮咛的话语

真希望永远是晴空朗月
不要有风雨侵袭
而我仍是那个
长不大的小女孩子

告别

如果只能沉默
就让我们　用心
倾听风中
叶子轻轻交谈

如果无法走近
就让我们用灵魂
丈量天空
星与星之间的距离

如果不愿回眸
就在夜色中远离
只剩
淡淡雾气

晒太阳

谁在空中
默默注视我们
欣喜而又亲切地
好像母亲

我们用身子
收集阳光
留着
寒冷的日子用

一些叶子栖在树梢
一些叶子躺在地上
它们也想心事吗
在晒太阳的时候

友

没有书信的日子
心居孤岛　茫茫然
水样的愁绪
环绕着岛屿

友的名字如鸟
一只只
歇落　飞舞
在心的上空

没有音讯的日子
友啊你知道
是寒的夜　有风
心无所依

童年七月七

七月七日

牛郎织女在天上相会

七月七日的夜里

你悄悄躲进月下

那片苦瓜藤

竖起羊角小辫

细听

天空的

美丽童话

星星随风

摇落一地

银河上的鹊桥

搭建好了吗

七月七的夜里

你托着下巴

痴痴地

天地间

谁在说话

游子吟

我向往浩瀚的大海
故乡啊
不是我不爱你
门前那条清清的河
夜夜流入我的梦里

我向往辽阔的草原
故乡啊
不是我不爱你
爷爷坟头的青草
疯长我所有的记忆

我向往雄伟的大山
故乡啊
不是我不爱你
母亲缝补的衣物
捎来稻花飘香的气息

故乡啊

不是我不爱你

落花似雨的黄昏

子规轻啼

不如归去

大二心情

彩灯迷幻着

夜繁华

车来车往

我找不到家

人们在灯光下

变换颜色

天空

亘古不变

黑

我听见

母亲呼唤

深盼的眼眸

透过低矮的庄稼

世界很大

就在我的脚步下

用沾过泥土的钞票

进舞厅

用上了锁的本子

记日记

我不知道爱情

是不是我的家

不知道

夜里会不会

梦见母亲的白发

不知道明天

是否有雨

我没想清

又走进梦的童话

都市人

走在楼下
走在人下
走在人类智慧的
威力之下
高楼如林

上楼
更上层楼
登高
望远

人在脚下
车在脚下
楼
也在脚下

青春的信笺——写给未来（组诗）

1. 灵魂的秘语

当朝阳染红树梢

小鸟在晨曦中歌唱

我们的灵魂

早已完成了密语

在一切醒来之前

在彼此的梦里

轻轻地来去

默契

永恒的秘密

纵使时空隔断

月光

仍会唤醒

心的潮汐

在一个宁静的夜里

2. 走过我的门前

今夜
我在屋内的灯下
你在屋外的月中

望我
走过我的门前
月圆的日子已冷

九月
我们的目光
炽热却深沉

衔着你
温润的名字
深夜的我很宁静

不再
双眸流盼
你的身影

3. 回声

我如褐色凝重的土地
你似飘忽无尽的苍穹
或许遥不可及
永远
只是等你

我不断扩张
延伸
不断积蓄
只为此生有你
倾听心语

走过所有的路
走到天的尽头
会遇见吗
那生命的约定
心灵的回声

无语

万物之中
望见了月
弯弯的
穿过淡淡的云

月儿
可曾望见我
瘦长的影
广漠无垠的夜啊

风吹来
拂过一些人的衣衫
脸庞
还有心境

明眸

月
是夜空的明眸
水
如大地的明眸

一个盲人
在晨曦中
敲响了石子路

高楼的阴影里
有人
黯然地哭

什么是
人的明眸
有的人用眼
有的人用心

断章

山
是我刚毅的精神
水
是我缕缕柔情
那么
这山上水旁挺拔的树
便是我
沉默的生命

我们

我望见你
我也听见了你
我们凝涩的目光的河流
我们迂回曲折的心的旋律

我们相依吗
在暗夜的冷风里
爱我吧

用你温暖厚实的胸怀
还有我的泪水
请你抚慰

请你拥紧在这冬日
再拥紧一点
让我感觉到热烈
让我确信了安全

心情

就让我在今夜
为你写诗
这样的月色下
我的笛声
和着那潺潺的流水
山林也静默了
亲爱的，你的心
是否
也如今晚这夜一般
纯净

断笔

爱

请你抚慰

当我的目光投向你的时候

你知道

那颗心静静地依偎着你

请不要问

请用你的目光

理解我怜惜我珍爱我吧

深深地

因为我值得

请你握紧

我伸出的手

因为

我一走

永远也不会回头

第 二 辑

天 真 之 梦

不要享用我的单纯

我的笑没有炫目的光泽
只有
快乐的清澈
这是一个女人的快乐

我的目光不能使人迷惑
只有淡然与执着
这是一个女人
湖水一样的宁静

不要掀起涟漪或轩然大波
如你渴望的是多彩与缤纷
就请不要
享用我的单纯

不要企图袭击我的心
或猎取我的感情
我的唇没有你想要的热烈
我的拥抱或许有些冷

请原谅

如果不是真爱

就请

不要享用我的单纯

不要亵渎我的真诚

如果

不是真爱

生命就如那沙漠的泉眼

日渐干涸

没有了清澈

灵性

还有水一样的宁静

吾心

笨拙身躯之内
跳动吾心
非要惊扰它吗
为何
寂如枯井
荒如野地
窄狭
易碎
仅容得下一人
这么小的地方
让人窒息

任谁都可抗拒
吾心
任谁都可将之
丢弃
在这尘世
不过一堆碎玻璃
你走吧

我不会在意

这颗心
不一定
要在尘世旅居

万物都有裂痕

我以为
会有美丽的相逢
风与风相拥
光与光交会
我以为
会很神奇

原来
没有奇迹
人非神
人心也不
万物都有
裂痕

原来我的痛
不是你的
你的快乐也不会
是我的
可你的忧伤却成

我的忧伤

这令人灼痛的
一个陌生人的忧伤
与我无关的语言
充斥着我的生命
是的
请你走开

我是我自己的
请你走开
请你
扛起你的忧伤
走开
不必由我替你

傻女人

傻女人
这样称呼自己
很傻很天真
满脸苍黄的女人
冰清的心

在洁白上
踩踏吧
人们
涂色泼污
照自己的意愿

她说心碎了
还能复原么
其实
已没了心
感谢这一切

本是痴痴的女人

无心

便多了些许空灵

无关

尘事

那是梦

曾以为
心里有爱情
便回忆起
那个人

他爱我吧
一定
撒腿飞奔的那一刻
多么高兴

在梦中
对哥哥说
我终于找到啦
可惜那是梦

也没有心
也没有爱情
请不要再和我谈爱情
我这里没有

冰冻

受伤的心
血流不止
还有
脆弱的躯体

曾奉出的是自己
赤裸无遮蔽的灵魂
就任那刀剑穿肠而过
我血肉模糊

拿什么止住
这不凝止的血流
还有疼痛
只有
那万年的冰冻

人世间
终究有一些
是至尊

永不可亵渎

那冰雪之上
是灵魂的仰止
这凡俗计较的情爱
如何去倚赖

我灵弱的生命之芽
在冰的掌中
只能用生命的热流
来唤醒

幸福

从苦痛中走出
不再向往幸福
便热爱了痛苦
连同自己的幸与不幸

我知道天上
不可能掉下星星
还有馅饼
我捡不着幸福

流言蜚语
我做错了什么
谁有审判人类苦痛
幸福的权力

不懂幸福
那些纯真只剩下痛
人性的暗　为何
常被偏爱并歌颂

只盼着光　如若有光

就有了真实　正义

就有了幸福

什么是幸福

冷暖知

好冷
寒气从背袭来
胃直颤
痛
仿佛积冰
塞堵

太冷了
双手捂住胃部
我知道
有些寒冷
只能靠自己
捂暖

寒战
彻骨　极寒
驱走寒冷吧
有个呼喊
从我心底

我要救我自己

让冰寒
从我的背
我的胃走开
从我的脚底
最后，也请
从我的心走开

等我哭的时候
也不要回来
永远
不要回来

旅行

蜷缩暗处
不知外面有月
半圆的
挂在天空
好想母亲
走了很远
很远
好想回家
就这样坐一路夜车
天亮前就可到家

又过了一月
又是中旬
又临端午
又到了那个
整夜青草香味
蛙鸣仲夏的夜
走了多远
可我还是没有

走出童年

走出母亲的牵念

归人路远

寂默

可听到我吗

我的声音

不再是我

气息也不

文字更不

那夜幕是我吗

夜幕

降临

如果你还牵念

那夜幕

便是我吧

那微风

若风起时

你心动了

波澜生息

也许微风

就是我

那一种流浪
渴望暮归的心情
夜幕临风
那一种守望
淡远
宁静

归人路远
心中依恋流淌
缓缓
没有从前
也没有过往

梦中
无数遍的
是那路长
急急地张望
不见来者
没有归人

如果

那些时光

欢颜笑语

在母亲身边

在青青家园

如果你也曾被爱

懂我

只在寂静之中

听我

只需在默然之时

活过

在别人的故事中
替人流泪
忘了自己也会
藏在别人的剧情里
以为这样
就可以避免了生活的苦

说好了笑的
一直都笑
拈花微笑
我要省略所有的忧愁
省略我自己
以为这样
就可以没有了活着的痛

忘记自己
我已习惯
在别人的悲伤中哭泣
后来才发现

落下的都是自己的泪

原来没有可以避免的苦

没有

可以省略的痛

朋友

心从高空

坠落

寒夜

决绝而行

想死的心

摔在你的暖光

你如何可以

我知道你一定

是我的朋友

所有的欢乐

忧愁　痛

都告诉你吧

还有悲伤

与你分享

朋友

可否悲欣与共

三冬之寒

逆行苦　人心难

你一定懂

你一定是我的朋友

知己

第一眼
若从前相识
心中在笑
望你

你知道
我
一直在那里笑
一直在那里

是要
一往无前走下去吗
那些我们熟悉的
侠义风气

你定来自
儿时连环画册里
那些我们
共同读过的传奇

哪有英雄不浪迹天涯呢

或许前世有约

今世恰逢

为何

或许

我们会成为知己

带着流离忧郁

流浪者的气息

好古

若怀千年古意
定逢四方君子
原以为
不必有姓名
无须看面容
便可以相遇
轮回的记忆

我相信
这世间的灵气
你不拘于世

等你不来
你定以为
曲高和寡
知音难觅
高山
流水
一世知己

终于懂得

伯牙子期

是一个悲剧

诚

心事

如晨露

晶莹剔透

散落

人世

透明

于自己

万物

还有天地

精诚而行

依光而生

并不存在的女人

我爱过一个并不存在的女人
以男人的情怀去爱她
去想念理解呵护并尊重
在网上
尽管我也是一个女人

想象自己是一个男人
想象一颗弱小的心
想象她在等待
好想走过去看
那个并不存在的女人

要满世界去找吗
直到有一个人承认
他就是她
是的，这正是我向往的
一个真诚可以担当的人

可那本就是不存在的

只是我想象

只是我向往

能有这样的爱情

能有这样一直爱着我的人

人间凡尘

那些美丽的梦
成了迷梦
那些期盼
带着缤纷的色彩
渐行渐远

一个人走过的
午夜
一个人的街头
伴着凌乱的脚步
是零落的心

所有的眼泪
都落下吧
所有的青春
我该走了
请不要叫天使

请拿开

你粗鄙的眼睛

睥睨的心

这里没有天使

这是人间凡尘

尘土

终有尘归尘土归土的时候
假如生命是
一粒尘埃
不必轻扫
也许并不会落在你的幕布
更不必企图留住
不过是一粒尘土

无论多少尘浊泛起
总有水沉静之时
生命终有一天会澄清
你是你的水
我是我的尘
你是你的
我也是我的

总会有尘埃落定的时候
无论这一生多么辛苦
终有分别的一天

永不再会

生命原本自由

你走你的

我走我的

此身

慢慢学会

在一朵花里看佛

在一滴水中学禅

在一个孩子身上

看见上帝

还有真理

假如生命

就是一次修行

几人能懂

此身一世

就当过去

天真（组诗）

1. 不敢老去

你没有来
所以不想老去
还想穿碎花裙子
好让你发现
如一个少女

将脸涂得粉白
用心抹着红唇
穿高跟鞋子
你没有来
才不甘心老去

真想等到你来
仍是那样可爱
阳光稚气
一切都好好的
只为等你

尽管皱纹已现

身材臃肿

目光不再明亮

可是心

不敢老去

如一个孩子

我只是等你

2. 我的名字

父亲给我一个美好的名字

定是想让你呼喊我

不要迷路

早点回家

可你没有来

没有人珍视我的名字

父亲给我一个美好的名字

定是想让你用心唤我

唱深情的歌

写入心的字

可你没有来

没有人珍爱我的名字

父亲给我一个美好的名字

定是想让你念想我

无论走到哪里

都不会将我忘记

可你没有来

没有人挂念我的名字

父亲给我一个美好的名字

定想让我结一世善缘

没有伤害

只是信任信仰

与深爱

可是你没有来

3. 无人赴约

你失约了

我知道

那闪烁美丽的

霓虹

仅为装点

动人的诗
贞洁的心
只属于历史
老故事
留在旧书籍

君子浩然
君子如玉
你
已无法走出
我知道

只是童话
无法复活
不必
再等
无人赴约

赤子童心
——为了纪念我绝境之后的重生

宝宝

我这样称呼自己

其实，我

就是一个宝宝

一个贪睡的宝宝

一直睡着

一直睡着

即便醒来

也不愿睁开双眼

看一眼这个世界

我已经看过了

没有什么好看的

我已经失望了

没有什么牵挂的

我就这样睡着

一直睡着

冬去春又夏

一直睡着

不愿醒来

不如睡觉罢

宝宝

我这样呼喊着自己

可是　没有回应

宝宝　醒来了

我睡眼蒙眬

倒头又睡了

宝宝

太阳出来了

你看那薄雾

飘散在林间

小鸟在欢唱

还有那宁静的池塘

宝宝　看一眼你的家乡

一切都已过去

你感受那夏日的晨风

多么清爽

你看那冬雪中的蜡梅

多么坚强

醒来了宝宝

让我们去滑雪

在一个北方的冬日

去感受那

生之乐趣

从此

你永远不要伤害

你自己

柔弱

向你取暖
在未见你之前
你是带着光的人

好　冷
寂静　空旷
没有回响

心下跌时
是　你
好暖

天地寒冻
人间风雨
可否躲避

到处寻找蜗居
只愿人心
那暖暖的一角

不要眼泪

是要哭了吗
世界都要崩溃
我的心
一定要这样
离别吗
我还不够好

孩童的泪
心似莲花
曾那样光彩
因为有你在
今夜有月
能不能没有离别

你没有语言
却充满整个世界
能不能没有眼泪
就让这个世界
永远
宁静圣洁

第 三 辑

依 心 信 笔

独自流泪

真的伤心了
泪水
如果不在这天地来回
我不会流泪

世界
渐渐淡去
我只是独自流泪
生命怎么能没有眼泪

寂寥

若不是遇见

在意

只是尘缘散去

若没有渴求

怜惜

不会有什么交集

可是

散去尘缘

了了挂碍

只剩自己

还有这

一片天地

听一首情歌

听一首情歌
流泪
以一颗 18 岁的心
熟悉纯真的情节

为我唱了一首歌
只是为我
唱了一支歌
在年轻的时候

却让我记住了
那些关爱自己的情节
如一个小女孩
那样被爱

那种呵护
被珍惜的感觉
多少年了
或许该感恩

只因一切都

曾经那么纯洁

需要活着

活着

宛如死去

我似乎

接受了

成为一个躯体

我也接受

活着

不需要意义

有时候

我也自言自语

不过是

一个晃动的物体

哭什么呢

用那样的眼看我
尘世的目光
带着腐臭的气息

哭什么呢
心中风雨
无处遮蔽

找个鸟语花香的地方
阳光的清晨
独自避雨

会有天使

也许不会有天堂
但要相信
会有天使
要不
怎么今晨鸟儿
飞到窗边不停叫唤

中午小鸟仍
在窗外一个劲叫唤
它们想告诉我
不要伤心
会有天使
来爱护你

沉溺尘世的我
忽然醒来
原来我并不孤单
每当我伤心的时候
就想
会有天使

做一颗好的种子

做一颗壮硕的种子
热爱阳光雨露
自我成长
且自珍惜
夏日沉淀
秋天丰盈

做一颗好的种子
等来年播种
烂腐
只有末路
等不到明天
不会有未来

人们说
做一颗好的种子
一颗壮硕的种子
存一些食粮
留一些希望
给后来

值得被爱

假如不被理解
懂得
假如没有人爱
假如不被珍惜

假如所有的
都是践踏
很多的都是羞辱
那么请你爱自己

请记得
自我珍惜
牢记那些
被尊重爱惜的情节

做一个值得被爱的人
配得上世间
所有美好
到来

透明的心

做个简单的人
真实
温暖
不伤及他人

做一个美好的人
优雅
修行
融合世界

做个自己想做的人
快乐行走
自然
无忧亦无虑

傀儡
只是他人玩具
鹦鹉永远是只宠物
花瓶常常碎一地

不必伪饰

永远做自己

即便只剩

透明的心

远离

远离干扰
都是污秽
远离噪音
伤及时间
生命
远离侵染
保护自己
远离阴暗
修行
走路
全靠自己

吾之问

请问
谁可审判

何处去从
囚禁
抑或流放

请问

如何用一生
画圆
悲剧喜剧
灵魂身体

请问

尘世意义
生
求真不得
求善未能

无法圆满的人生

缺憾

我知道很多的事情

只能抱憾

一生

无法圆满

无论我怎么苦修

参禅

原谅我

世界

此生充满缺憾

如何

心
已无法继续
可我
还要活下去

不要说你的痛
为何痛是相关的
原谅我
你并不太需要我

如何
生命与生灵
我将手掌放开
原来都是光彩

去爱吧
如果你想
亲爱的
不会有痛

不会有痛的爱情

所有的爱都是欢乐
所有的怨只因渴望
所有的恨本是思念
所有的苦终将是甜

长梦

你是白日里的长梦
我是梦里的泪
无数次的梦回
且归
且归

那一幕华美的剧场
音乐响起
终须散场
且归
且归

你懂我那些落寞
慌张　还有逞强
只适合明暖的光
且归
且归

跋一路山

涉一路水

山水澄澈吾心初醒

且归

且归

放下

—— 给 自 己

什么是放下

我问自己

原谅世界

和自己

所有的错吧

谅解

就是放下

释然

也是放下

看淡

所有的痛

只留

一个伤疤

看清

余生

只是归途

只剩放下

洗礼

天欲雨

北方夏日

轰隆隆几声

没有雨

如伤极的人

哭不出来

偶尔落下

一阵小雨

滴滴答答

又似藏了多年的泪

终于流出

多了些醒悟

想念家乡

暴雨倾盆

天悲地恸

亦如此心

悲的不只是雨

天空

没有留下

痕迹

生命

只是一场

洗礼

寻常天气

一直做逶迤的梦

盘旋缠绕

颠颠簸簸的路啊

只是梦呓

一点点希冀

痴人

那时心气

如今　如是

似缘来去

花非花

雾非雾

无风　无雨

亦无晴

不过

寻常天气

只求圆满

如何修得圆满
不必久贪
生命已然呈现
何须执着

有人得到欢喜
有人失去悲戚
而我只想了缘
偿债

化劫为缘
原来都是
行走刀尖
苦如我

只求无愧于
这世间

解脱

胭红唇

会哭

还笑

有时闹一闹

其实

只是一个符号

温润气息

清新文字

简单流畅

时而怪异

其实

只是涂鸦的一笔

玻璃做的心

可好

喜怒哀乐悲

那全不是

能看到的

只是尘埃

尘嚣之外
如何企及

世界很大

世界很大

人很多

我只看到一个

那一个

就成了我的世界

只为

那一个

我的世界

想了好多好多

总想让它美一点

很久很久

我做着

长长的

圆满的梦

不愿醒来

世界很大

真的很大

很大　大得可以

了无牵挂

当我醒来

一个人类

春来花发

秋熟蒂落

生命

如此自然

成为一个人类

难吗

万物之灵

雨润草木

地载万物

自然

如此和美

成为一个人类

难吗

生灵之长

写给友人

我的世界
春天是欢乐的
夏天是率直的
秋天永远深情
冬日一直安宁
他们都是我
童年的伴
很久很久了
朋友
我不能想你
一想你
我的世界就倾斜了

我的世界
看花是花
赏绿是绿
听雨还是雨
它们还是我
童年时的样子

很久很久了

不曾有变

朋友

我不能想你

一想你

我的世界就暗了

你知道

我害怕这样的暗

我的世界原本

在光中流溢

如乐章还有

这四月的天气

忧虑使人窒息

牵挂让人病起

朋友

如果你想我

请你　一定要

心生欢喜

蓝天白云

日月星辰

鸟语花香

风雨雷电

他们

都是我诚挚的伴

朋友　一直以来

我只是留一些

孩童的真

原本我离这个尘世

很远很远

欢喜这神灵

——生辰记

日子雨后狼藉

不忍视

对镜华发

世上少有女子

年华已逝价值尚存

他们说

终会老去

爱　此生信仰

阳光正好

花儿芬芳

欢喜这神灵

等她

来敲我的门

生命这趟旅程

苦乐悲喜

今世所赠

心事总是

沉甸甸的

一念笑

一念泪

日子属自己的

如同枯槁

垂垂老矣

也要

认真爱自己

这是神谕

圆满

山清清

水秀秀

碧波

倒影

安静的石头

快乐的鱼

蓝蓝的天空

多姿的云

风来

揉碎了山林

风去

照见

心中的你

且行

等你
成为一丝暖
这样才能
温柔
一辈子

等你
渐变一缕光
永远
无忧
亦无惧

三冬有愿
暗夜祈请
天之涯
海之角
此心且行

若见君子

古道新绿

山水重重

与君别时

长亭

短亭

程程

复程程

当时携手

春柳扶风

鸟语花丛

古琴希声

与吾心同

不见君子

能谁与共

即见君子

日月无穷

偶感

有一种鱼

在沙漠里

进化了

好几个世纪

深睡

在泥土里

等待着

雨季

重生

1. 尘劳

人世落单

成一个音符

混乱旋律中

撕碎

大风吹

找不到

暖的音节

漫长

踩不着

乐的节点

滑落

我是谁

在冰寒中

死去

在慈爱中

苏醒

悲切的泪

在母亲的心底

重生

一次次

喜欢她笑

只爱她笑

永远的

不死鸟

2. 明媚

眼泪流在田地

渗入禾苗根系

连着我的心

一起生长

呼吸

眼泪流在山坡

泪水攒积

成一汪泉

干涸的心灵

终尝清甜

眼泪流在他乡

犹如暗河

默然无息

让生命的汁液

养育自己

眼泪将生命淹没

洗涤

只愿大地丰饶

只看母亲的笑

此心明媚

当初的你

不再清晰

记忆中的你

连同年少

一起隐去

那样

模糊

陈旧

依稀

朦胧

你是谁

或许那已经

算不上记忆

只是过去

很久很久的

过去

早已没有了

当初的你

经年往月

你我皆非

时光

橙色白色粉紫

多彩的雏菊

败落

凋零

干枯

我才发现

它们开过

一簇一丛

在院子的一角

夏天来过

生命之章（组诗）

1. 有情

什么是爱情
被丘比特之箭
射中的感觉是吗
死定了的
一种被俘虏

爱情
尘世中的信仰
修行
唯有痛
或可成就精气神

爱情不只是肌肤
更是灵魂
爱从来都只能是
一个过程
重塑性灵与自身

闪光
开悟
一瞬
一见钟情
都可能是爱情

若只有自己
怎能算是有情

2. 生命

目光
落在心上
湿度温度
阳光刚好
一粒种子
心底生根发芽
枝繁叶茂

一如生命
拔出来会痛
感情

是有生命的

心血凝聚

生命属灵的

务请尊重

生命

这份深缘

经不起践踏

亵渎

上天

好生

但请爱护

3. 如此依存

对恐惧的

安抚

对自私的

悲悯

对无良的

随缘

对有缘的

清静

对无缘的

不动

对恶遇的

忏悔

对无明的

涵容

觉者大爱

智者恒明

如此依存

生命

同悲

一体

初醒

不想将心丢在
黑冷的夜里
连自己都厌弃

不想一辈子
都流浪
在梦里

晨曦中醒来
愿返家乡
重修故园

那明暖的光
做一束光吧
将万物抚爱

不想就这样
囚禁或流放
远离故土思念家乡

不想就这般断肠

此心作净土

光明且归乡

小篆（自我觉知　自我发现　自我闪亮）

归于静寂

享受这份闲寂

在时光深处

发呆

任生命沉睡

深深呼吸

忘记自己

做春的一抹绿

一丝花香

散漫

和着欢快的鸟鸣

伴奏

变夏夜满天星

一滴甘露

银河落下

凉风中溜走

晶莹剔透

如金秋大地

繁忙

硕果累累

千树万树

笑弯了枝丫

在冬日肃静

大门不出

白雪皑皑

喜欢这样的静寂

幻想

享受这份闲寂

在时光深处

发呆

任生命沉睡

忘记自己

静静呼吸

第 四 辑

此 生 相 惜

哥来了

艰辛的拙朴
坦率的笑容
哥，来了
一路风尘
一路眺望

往日白皙
黝黑成
另一种倔强
几许沧桑
过早漫到额上

男儿将苦痛
化作笑颜
慰藉兄妹父老
男儿身躯永远是
家的脊梁

哥，来了

捎来母亲的叮咛

父亲的瞩望

还有橙黄的橘

泥土的清香

耕

为何常感到
裂心的痛
莫非父亲扬起的
牛鞭
抽打在我的背上

他的吆喝
让我心悸
我保持着
父辈们躬耕的姿势
握紧了笔

青春是一片
不能荒芜的土地
我含泪耕种在纸上
播种阡陌文字
生长着辛酸与不屈

我的泪源自何方

父辈的牛鞭

常常

抽打在

我的耳旁

忆母恩

夜深

我想你了　妈妈

还如孩儿一样

唤您

好让时间停留

尽管已为人母

病痛时想您

孤单时想您

想哭的时候也想您

多想还在您怀里

您的脚头

您的菜园

想您热腾腾的饭菜

想您年轻力壮

将我的手紧拽

残年风烛

颤颤巍巍
总担心您会离去
从我的世界
妈妈

好想将您
拥在我的臂弯
您知道吗　妈妈
我只想做哪怕一棵树
也能给您遮阳挡风避雨

其实我只是想
和您在一起
一如当初
在您的手掌里
妈妈

婴童

世界暖暖
在妈妈怀里
沉沉睡去
鸟语花香
都在梦里

风儿轻柔
在地上爬行
和小狗撒欢
天地的孩童
无忧无虑

上下而行

一个人

无能为力

他就成了一个孩子

一直以来

做一个孩子

只是做了一个孩子

拙朴

天真

天地间

我自己

上下而行

永远的爷爷

夏日
匍匐于地的藤蔓
竹栅栏低矮
那经历了岁月
斑驳的墙
老式旧木门窗
都让我想起您
爷爷

想起您
开过的荒地
新整修的田埂
稀落的豆苗
也让我想起
秋天
您晒了一地
金黄豆子

他乡的池塘

常让我忆起

儿时清澈的河

瓢泼大雨

还有沿上学一路

欢快的沟渠

绿浪滚滚的稻田

都是您

爷爷

您是我儿时的

记忆

家的归依

雪天的暖

心中的泪滴

笑意

您说过记住收获

油菜花开

青菜薹里品

油菜花的味道

北方残雪中

想念

家乡

春天来了

遍地黄　菜花香

蜜蜂繁忙

垂柳

在春天的怀抱里

摇

大地似睡还醒

暖风到处嬉戏

如儿时的我们

欢声笑语

童真

光着小脚丫
采花爬树
捉迷藏的小姑娘
不愿长大
做小孩多好
永远绕在妈妈膝下

梳小辫读书做梦
写诗的小姑娘
不愿长大
年少多好
小鸟样想唱就唱

短发叛逆好奇
天天向上的姑娘
不愿长大
16 岁多好
他人羡慕的年华

转眼小姑娘成了
长发飘飘的大姑娘
可她不愿长大
就这样多好
还没有心动的他

后来姑娘成了阿妈
可她还没能长大
没遇见神
不知心在哪里
安家

一望再望
孩儿拽破了裙衫
花儿都谢了
男子之神
本是童话

往昔

偶遇像你的人
便想起你来
心都笑了
满眼都是你的样子

这个世界
精致的人很多
可朋友
却与众不同

朋友
是那陪伴的时光
无声的祝福
无须言传地
开心相处

是孤单时的
如影相随
绝境中的

肝胆之气

是冬日里的花

暖阳

往日书签

你随手写下的字迹

妈妈的味道

夜里
热腾腾的汤
孩儿喝过了
满屋子
余香
儿时记忆
也尝一口
有妈妈的味道

今夜
初冬十六
月圆之日
重返家乡
再煮一碗
妈妈的味道
梦魂牵绕
世间最美的味道

这个世界

花儿会谢

叶子枯萎

果实变腐

可妈妈的暖

超过花叶子果实

还有时间的轮回

长到了永恒

老师

其实
一生
都在老师的
教鞭下
蹒跚而行
泥泞的是
路
清新的是
心

雷雨天的记忆

闪电在天地间
布下
一道道网线
耀眼
五雷轰顶
雷霆万钧
或会惧怕雷雨
但仍迷恋
这样的天气
这样的夏季

电闪雷鸣
滂沱大雨
河里水涨满了
干涸的地清爽了
而我们只等
雨过天晴的
惬意
彩虹
奇迹

故人

站窗边很久
等雪飘落
冬日
树枝摇晃
风中
没有鸟
街边有些空旷

盼望着雪
犹如盼一个朋友
一位故人
等你
以为你还记得
前世
冰雪煮茶
笔墨诗竹
那样地风雅
投契

好日子

仿佛

只剩下这些了

这留存太久的记忆

可是

雪落下来了

你没有来

陶笛声

还是那么怅茫

埙一样灵韵

古琴有点疏远了

古筝不再似从前

你知道

我想你的时候

是陶笛

是箜

我悲伤时是箫

可是　无论我心

是怎样的频率

你没有来

我等的雪来了

你知道

没有应和的歌咏

就是沉默

天地间

原本你是故友

许这一世等你

赴约

或许

雪下得太小

不够覆盖

这世间的尘埃

于是

你不来了

我知道

你喜欢的是

冰清玉洁

一尘不染

兄弟（组诗）

1. 生命呼唤生命

你的泪水
有我的渴望
于是
悲伤了
以你为兄弟

那些
不妥协的记忆
生命渴望生命
我听到
那心底的痛

你自己都遗忘
美丽面具遮蔽
那被抑折的暗伤
抛弃　掩藏
当初　来时

那久已遗落的
欢乐的我们
是人
怎能不点亮自己
唤醒生命

2. 这样一个

无论怎样的一聚
终有一别
无论怎样的作品
终不完美
无论怎样的未来
终由自己
选择
我能为你做的
就只能如此了
兄弟

即便你穷途末路
或被万人唾弃
只要你说

我仍伸一只手
向你传递暖意
可是
当你被人所拥
幸福美满
我也不会呈上
太多祝福

因为我
就是这样一个
兄弟

3. 照亮自己

兄弟
何以为报
只愿此生你
成为光
寒夜里
没有柴火
那就点亮自己
成为火炬

光耀千里

不要说去

拯救谁

人

请记得

温暖

照亮自己

那一线生机

祝你们幸福
——致网友

祝你幸福

祝你们幸福

永享尘世的繁华

永享世间的幸运

将所有好的美的我能给的

祝福都给你们

原谅我不能替你佩戴金冠

因为我没有

原谅我不能送去礼物

因为我不喜欢礼节烦冗

把所有祝福都给你们吧

那些鸣唱的

那些歌声

那些

从未变现的想念与心血

谢谢你们

永远祝福你们

祝你们幸福

一直准备着的别离

假如人生是一种
相遇或相聚
我知道
总会有别离

心中
排练剧情
无数遍的
都是离去

所有的欢愉只为开始
所有的情缘都很短暂
所有的相聚总会散去
所有的悲痛终将远离

一直想哭
在一个人的怀里
所有的剧情
都只有一个结局

一个孩子（组诗）
——致友人

1. 如一个孩子

不丢弃真纯

如一个孩子

自在欢喜

她总觉得

是一个孩子

需要肩膀

靠一靠

这样就好

她抬头

只祈求你

怜爱的目光

其实只是抱一抱

这样就好

这个世界还好

没有那么多

暗灰色调

一切都还好

2. 做个简单的人

只想回归

真实的自己

做个简单的人

本真

才会快乐

只是想

有一个朋友

相聚聊天

琐事流年

不那么孤单

懂我

只是个孩子

一个赤脚奔跑

任性的孩子

即便整个世界背离

当我离世

为我流泪

写下这一段悼词——

她是上帝的孩子

一个天真的孩子

3. 小女孩的心愿

夜风

夹一丝春凉

北方初夏

季节变换了

我在衣柜里

发现那条粉花裙子

小女孩儿的那种

是的

季节变换

该穿裙子了

可是

我却长大了

那条粉花裙子

好漂亮

我对你说起过

我还说

我想穿着去见你

就在夏天

就在那个夏天

我对你说

可惜

我只是在心里说

可惜

你没有听见

4. 眼泪打湿了睫毛

世界多么安静

没有你的声音

外面也没有雨

一切静好

只是没有你的声音

一直以来

我习惯了热闹

习惯了运动奔跑

习惯有你的寒暄与关照

想在有你的日子里躲雨

一切静好
只是没有了你
你一定走了很远很远
远得我再也没法看见
我一个人站在那里

5. 需要庇护的

她说
她还是个孩子
一个飞不起来的孩子
需要庇护

渴望
羽翼
成长
辅佑

如你真懂她
真怜爱
如爱怜一个孩子

她与世俗不同

如果生命不是这样
没有这样的深度
没有这样的得到与付出
我不需要任何祝福

6. 如若你是光

无法隐藏
如你来到
我的世界
请寻一个位置
我不会说抱歉
有约在先

我想
如若你是光
便照亮我吧
在黑暗的时候
看好我
我只是偶尔难过

本自圆满的你

何以赠予

如若你是光

就予我友谊吧

在你的光里

我只做自己

如果你喜欢我

如果你喜欢我
碎片你要不要
我已不再完整
我知道
你会懂
我会哭

如果你喜欢我
虚空你要不要
我已不堪承受
生命之痛
掠食　　践踏
嫉妒　　羞辱

这样的我
如果你来看我
如果你喜欢我

不若归去

就到这了
你不来
我不等了

透过灰
看到暗污
闪光

没有纯净
腐烂的枝头
开满艳丽的花

繁花似锦
不管春秋
冬夏

人们都可逆自然而行
这是个伟大的时代
连空气都充满机遇

可是

你不来

我就走了

原谅我不辞而别

田园将芜

胡不归

江湖纵横

不若

小屋一间

万卷诗书

还是

终老田园

无挂牵

一粥一桌
一椅
活着
独处
发呆
朋友　寻你
自己的生活吧
自己所爱的

阳光雨露
爱与空气
我喜欢
用自己的脚走路
能走多远就走多远
我喜欢没有烦恼
既不亏欠
也无挂牵

旧时光

趁着这
暮色温柔
万家灯火
沿来时的路
再次回到
儿时小河边
家
妈妈
小狗阿黄都在
哥哥还是
小时候的样子
大树下的饭桌
上菜了
只等父亲回来
而我只须
倚风看星
静静的
从来
没有人打扰

孩童的世界

孩童的家

不在一间小屋

孩童的家

在每一个季节

在宽阔的原野

是整个世界

天上的云

空中的鸟

地上的小狗

水里的鱼儿

都是他的朋友

春天是他的花房

蜜蜂是一个诗人

歌者

夏天的知了青蛙

是轮班的乐手

星星是他的宇宙

秋日蟋蟀的歌声

染黄了他的画卷

他的家园

冬天的冰雪是远客

枯枝　灰色的天空

也是宁静永远的伴

孩童的世界

不是一栋建筑

孩童的世界

是天地万物

没有距离

一念

即达

风与风相拥

太阳和月亮牵手

冒出河面的小龟

是可神交的友

孩童的世界

无须分别

风雨雷电

花草树木

飞鸟爬虫

这个世界

全是伙伴

孩童的世界

没有隔离

只有欢悦

没有对立

只是一体

孩童的世界

非常简单

只是

陪伴

儿时冬雪

妈妈　北京下雪了

可我想念老家的雪

想念低矮的老房子

屋檐下挂着长长的冰帘

我想念雪中觅食的鸟

那雪天的伙伴

我想念屋子旁的河

结着厚厚的冰

我掷出的小石头

飞一般滑过冰面

我想念寂静的

大雪覆盖的庄稼地

没有人迹的田埂路

我想念妈妈的菜园

那么郁郁葱葱的顽强

想念门前的大树

白雪压弯的枝丫

妈妈　北京下雪了

有点冷

我想念家里生起的火堆

我们围坐一旁

妈妈　那时

雪天那么安静

那么温暖

只有我们一家人

兄妹情深记

1. 玩你的去

小时候

哥哥扫地收拾屋子

帮妈妈做饭

到田地里干活

所有的事情

仿佛都是哥哥的

小时候

因为有哥哥

我便履行了孩子的天职

四处玩耍

哥哥总是说

你别过来帮倒忙

玩你的去

2. 哥哥说的话我都信

哥哥说妹妹

六岁的孩子可以上学了

你去上学吧

小时候

哥哥说的话我都听

六岁的我就去上一年级

哥哥说

妹妹，你是捡来的

大桥那儿遇到的疯子是你妈妈

于是我便哭着闹着

要去找我妈妈

小时候

哥哥说的话我都信

3. 小跟班

哥哥会爬树摘果子

我也学会了

哥哥站桩打沙包

我也站桩打沙包

拖着一根鞭子

就成了村子里游荡的飞侠

那些道义那点侠义

都是从哥哥那里学到的

哥哥会吹笛子

有一天我忽然拿起笛子吹响了

哥哥便抓紧时机教会我

哥哥会吹口琴拉二胡

我也成了音乐的半吊子

哥哥会写一些莫名其妙的句子

我也会写一些莫名其妙的句子

我的那点文艺气息都是从哥哥那里来的

小时候哥哥就是我的师傅

我就是哥哥的小跟班小徒弟

4. 土地里挖不出金子

哥哥高中辍学

一心想要发家致富

他花几个月挖了地建鱼池养鱼

将棉花地改种柑橘树下面套种生姜

盼望着幼小的树苗快快长大挂果

好几年果树长苗没有收获

哥哥亏了好多年

那是 1990 年左右

艰难的生活

哥哥说土地里挖不出金子

妹妹你好好读书

5. 异乡的风很冷

哥哥说要出去打工了
就在离家很近的小城
我和哥并肩而行
沉默与沉默并肩而行
叹息与叹息并肩而行
冬日的风一路送别
走过田埂就是大路
拐弯
哥，别走
已是腊月
异乡的风很冷
异地的人都很陌生

6. 我想哥哥的时候

我想哥哥的时候
我知道
哥哥可能在冰棒厂快餐面厂
木材厂等地方

哥哥一定在忙碌在加油

多年后哥哥说老板想让他做女婿

他害羞不辞而别跑掉了

哥哥曾奔忙在大餐厅厨房

也曾奔走在各个建筑工地上

如大多数农民工

他们建过的房子都没了印象

我想哥哥的时候

望那满街的摩托车

他们都那么努力那么繁忙

7. 我的心永远受伤

哥哥曾从高处摔下来

死里逃生的人

他好了

但我的心却一直受伤

他的小跟班没有跟上

哥哥总是对明天充满热望

总是那样咧着嘴傻乎乎地

憨憨地笑

生活给了他苦难他却报之以琼瑶

哥哥从来热望人间的善

从不懂得提防

从来企盼明天的美

如那水一样

哥哥从来都是那么纯良

哥哥说你不用担心我

管好你自己的事情就行了

哥哥曾从高处摔下来

死里逃生的人

他好了

可我的心却永远受伤

8. 哥哥有一个梦想

小时候

哥哥对我说他有一个梦想

就是学音乐

我做作业时

哥哥就在不远处

吹啊拉啊敲啊打啊唱啊

我写我的作业

哥哥弄他的音乐

我们各不相干怡然自得

我和哥哥都考上重点初中

可是哥哥爱他的音乐

哥哥说他有特长爱音乐

我失落了

仿佛自己的特长就是和同学嬉闹

哥哥安慰我说你不偏科成绩好啊

哥哥吹笛子唱歌吹口琴闲时练练字

我感觉屋外的鸟田间的风天上的云

都很喜欢他

跟我一样

村子里路过的人们都爱夸赞他

哥哥高中辍学后对我说

以后挣了钱他就一心一意学音乐

多年后哥哥还对我说

一定要挣到钱然后好好学音乐

我知道那是哥哥的梦想

无论生活多么坎坷命运多么无常

哥哥从来没有放弃他的梦想

近年来饱受折磨挫败历经生死的哥哥

再也没有和我谈起他的音乐他的梦想

我知道

音乐的梦还在他内心的某一个地方

多希望有神赐给哥哥幸运与力量

完成他多年的梦想

让哥哥喜极而泣泪流满面

历经了生死还有一丝回甘的模样

思乡

我不敢看那芦苇
担心思乡的心
惊起芦苇中的水鸟
我不敢看芦苇下的
浅滩浅水
害怕那灵动的鱼
洞穿我的落寞
我不敢走那异乡的桥廊
不敢凝视那青绿的芦苇荡
多么拘谨文雅的笑
这便是我对自己的包装
我不敢看那落日
望那家乡来时的方向

妈妈

妈妈

孩童最初的发音

世界上最简单的音节

妈妈

人类共同的呼唤

超越了所有差异的语言

妈妈

天地间最动听的声音

人世间最朴素的信仰

妈妈

是暖是光

是无私与奉爱

妈妈

是我们最后的倚赖

是最深最深最深的热爱

梦想

如花市的一条鱼

我以为逆流而上

痛苦迷惘

以为寻求信仰

其实只是

在玻璃缸里

透明

供世人鉴赏

那些

我自以为的梦想

远方

童话

1. 疑似爱情

美丽故事
封存瓶里
千年
不老传说

一个声音
透出来
温柔
等你万年

今生
与你相遇
疑似爱情
魅惑

瓶盖拔去
一个巨人狂笑

那些囊中之物

大嘴张开

或许这

就是传奇

那些疑似的

美丽

2. 小和尚种桃树

小和尚捡起一株桃树

随手插在小河边

桃树映水影影绰绰

好美好美

小和尚便开始种桃树

水边山坡种满了桃树

快来看桃花啊快来看桃花啊

春天来了

桃花开了

漫山遍野

妙男妙女们来了

月老也赶来

月老的红线在小和尚的

桃树林里缠啊绕啊

善男信女们在小和尚的

桃树林里求啊拜啊

有人求催桃花运

有人求度桃花劫

桃花是美是缘也是劫啊

小和尚发愁了

他灵机一动喊道

看桃花啦看桃花啦

花开花落都是般若

聚散苦乐都是菩提

请君来此桃花庵

请君一游桃花渡

可大风一吹桃花落了

人群散去

残枝突兀

不见桃花庵

也不见桃花渡

3. 故事里的小丑

奶娃子

披一大黑旧披风

拽一长牛鞭子

就成了一名问鼎天下的

小侠客

特别炫酷

可到大海觅龙

可上夜空揽月

那气势天人难比

那剧情人间鲜闻

他怒时

排山倒海

他哀时

天地同悲

他穷困潦倒

却要护这天地正气

其实奶娃子只是一个

往自己脸上涂点黑锅灰的演员

一个卖命投入演出的丑角

没有一点硬功夫

人们只是笑他小丑

他难得唱出一整句台词

只是趴在地上

发出一声惨叫一阵哀鸣

爹啊娘啊我的心好痛

上天便落下来泪

剧情也收了尾

戏台也合上帷幕

如果你用心感应

你也会落泪

为何　人间悲欢

不相与共

悲天悯人

不要对着那暗处说话

不会有回应

亦不必对着人心呼喊

或早已冰冻

对着天空大地

大声呼唤吧

天地尚存余悲

垂怜着人类

谜

雄鹰

翱翔天际

鱼儿游弋

水底

而我

不小心落入

温水的坑里

煎熬

学习感恩

感恩温暖

感恩烟火

感恩当下

看不破的人世

幻觉

走不出的困局

谜

阵地

生命正在玫瑰的阵地

消亡

多少人以爱之名

高压

窒息

生命正在玫瑰的阵地

消亡

冰冷

喧嚣过后

残渣

生命正在玫瑰的阵地

消亡

温柔圈养

禁锢

玫瑰之刺暗伤

生命正在玫瑰的阵地

消亡

爱是咀嚼

吞食　抹去

幻魔之灵

生命正在玫瑰的阵地

消亡

消解

以被爱之名

殉葬

生命正在玫瑰的阵地

消亡

败腐

人们说

找到了光的方向

生命正在玫瑰的阵地

消亡

盼天地间

自然生化的力量

欣欣向荣

唱调（组诗）

1. 雀跃的春

天上的白云

笑了

绯红

地上的月儿

碎了

风暖暖

一点点闪亮

一些些碎银

可安养年长

帮扶至亲

洗净心怀

欣喜若狂

雀跃的春

手抓白月光

你是谁

不过是一坨

人世的口水

2. 北方秋

风吹来

北方秋

叶子还没来得及

黄

便落下

昨日

夏未央

尚余温

憧憬着秋

夹克

薄毛衣

风衣　马甲

可北方的秋

直接入冬

寒

原来

北方的秋

不值得挂念

不必要远迎

便已走远

那备好的衣衫

如一场白忙活的

心中暗恋

兀自多情

混沌

潜行万物无觅处

久已迷惘的我

走行于人世

向着那光去吗

或许暗处亦是明

逐光

无知无识的我

终难清醒

看那花开看那清风舞

看那振翅鸟看那悠游鱼

看那伶人

让你欢乐的亦让你忧伤

终归混沌

瞬间悲喜

中秋快乐

爸爸妈妈

最美的月饼

在天上

我们一人

尝一口

世事

人间

还有我们的心

都那么圆

那么亮

相惜

穿过你的心

蹚过明澈的溪流

清风无语

你是山间的泉水

内不染尘

我是世间

另一条河流

我们都有着

水的灵魂

水的悲柔

如那平行的宇宙

遥不可及

却惺惺相惜

千树花开

大树被伐
青草还在
河流干涸
堤岸还在
我们远走
老屋还在
百川到东
何时西归

好想做一条鱼
逆流而上
重回家乡的池塘
或做一只候鸟
在春天返乡
重筑旧巢
再植庭木
绿荫蔼蔼

好想时间逆转

一切可以重来

千树花开

春暖自在

所有爱的人们

都可以回来

相约

不再走开

轻风

化一缕轻风
夏日
溜进母亲房间
送一丝清凉
拂过她的脸
带走皱纹斑点

化一缕轻风
让灵魂的躁
静
掠过忧伤的心
抚平那些伤痕
告别曾经

化一缕轻风
如雨
春日唤醒大地
枯木
有了新生的痕迹
人们满怀希冀

第 五 辑

何 以 抚 心

假象

将东西砸烂

寻不到出路的人们

屋子里一片狼藉

门锁上了

从哪里出去

痛苦叫喊

其实屋内

空无一人

想走的都走了

被遗弃的梦境

那些被囚禁的

到处寻找

出口

钥匙躺在那里

似乎很着急

不是所有的道理

都需要论争

回到常识

自然
求真

良知
常常束之高阁
愚人
总是自我摒弃
难道
最深刻的答案
不是
我们自己

但尽凡心

习惯黑暗的眼睛

在笑

或许越嘲弄

越高贵

剧情诡异

人群华丽

他们说渴望光明

热爱星星

火种

可自己

却从不曾亮

万家灯火

黑暗中阑珊

他们说很浪漫

他们说思慕太阳

诅咒

会成为

彼此的命运

自欺

这牢不可破的

局

人心暗沟渠

越挣扎越深陷

喧嚣有如秋天

硕果累累

来

阳光之下

来

晒晒心怀

一个声音隐蔽

保存呼吸

我们逻辑深奥

不见底

分隔

围墙之内
你的庭院
围墙之外
归人的路长
一墙之隔

大网之内
挣扎的鱼儿
大网之外
笑颜的人们
一网之隔

一家之内
欢爱的暖光
一家之外
暗伤的斗场
一家之隔

世间是一个饼

圆圆的

有的苦

有的甜

梦境

梦中

灰的天空

灰的墙壁

灰灰的水泥地

还有一排排一座座

灰色的楼宇

城市里没有人

不见人

人都到哪儿去了呢

一个声音说

人都变成了水泥钢筋

墙壁

高高耸立

他们说

建筑更为长久

可以不朽

流传后世

还有一处灰黑的房屋

无法进入

无人居住

名为福地

假如

假如雄鹰不被

黄金折翼

天一定很蓝

水一定很清

我们的心

一定很静

阳光香甜

我们笑容纯真

相依相偎

可空气充满

欲望的味道

泡沫

交易的筹码

很多

人们奔忙

不过碎银几两

假如生命不为

银两低眉

保持独立

尊贵

假如雄鹰不被

黄金折翼

保持凌云的傲骨

高飞

向光

夜色舞动

喧嚣　迷醉

阴暗的幽灵

嘲笑

向光的玫瑰

向阳的花蕾

可是

黑暗常是

沦落的壁垒

植物向光而生

人类向光而存

阳光抚过的大地

草木葱茏

行

与生活
短兵相接
在人性的暗处
疾行
很多时候
言辞很美
却只是织网
用于捕获
生活张开大嘴
将人世吞没
我们
只剩下
一张皮
为何而行

凝思

1

懵懵懂懂
孩童
跌跌撞撞
身影

2

一颗心
呼啸奔走
天地旻旻
如如相应

3

谎言披上外衣
锦绣如华
艰难的孩子

想要回家

4

泥土
不曾嫌恶我们
我们却已遗弃
大地

5

盛装恭迎
外来的宾客
却不接见
内心的尊者

6

爱，以赤子之心
诚，留一份本真
修，守一泓清澈
养，浩然之气长存

7

清淡之味
宁静之心
无为之境
亦为三宝

8

璞玉
难掩其温润
良善的人们
总是天真

9

太难的路
总有人行
太长的梦
我总会醒

龟亦有灵

灵龟负书

伏羲创八卦

仓颉造文字

龟者

灵矣

玄文五色

神灵之精

人类之凶吉

宇宙之数理

万年曰灵龟

龟亦有灵

人为何尊贵

闪耀吧

骄傲的

那生灵之光

万物之长

冬去春将来

生命

渴望　醒来

甲骨文（龟亦有灵）

人世间（组诗）

1. 子非鱼

温室里

怎知三九彻骨寒

冷气中

哪晓烈日炎酷暑

衣食无忧的人们

难解

早出晚归的烦忧

养尊

锦衣玉食

哪知糠糟苦

子非鱼

焉知鱼之乐

人世间

哪有感同身受

炼狱里的歌声

常被赞颂

或许该讴歌暗夜

繁星

流萤

哭泣的人们

被斥为无病呻吟

没有痛过的人

不会长大

不相信风花雪雨

只相信

流过泪的眼睛

痛过的心

更为悲柔

2. 大事

人间走一个人

天空就落下

一颗星

朋友说

邻居走了一个

同事去了一个

至亲也走一个

无常

人世间
除了生死
还有什么大事

地球仍自转
星空依旧璀璨
乡村一样静谧
街头车水马龙
他人已歌
亲戚余悲
唯有至亲
痛彻心扉
人世依旧
不多一个
也不少一个

假如有一天
我们也走了
除了至痛的亲
这一份尘缘
没有什么挂念
也没有什么亏欠
人世间

哪有什么大事
除了生死
河水依然奔流
四季仍在轮回

3. 人心

大地没有常主
人们却为之争
财宝从无姓氏
但各归家门
金钱并非王者
却傲视人间
万物皆可
标上价钱

人类心智
膨胀
草木被伐
生灵锐减
冰川融化
大自然收紧战线
何以慰藉

人心

自然馈赠予
人世贪求之间
有一段距离
不可逾
何为公何为私
公者天下
私者
欲望身体

4. 这世间

有人暗处徐行
有人招摇过市
有人戏台高筑
有人浅酌低吟
人世
这一场戏

有人笑
有人哭
有人悲怆

有人快意

有人字正腔圆

有人五音不全

有人台前光鲜

有人幕后真情

生命

这一出戏

有人唱成闹剧

有人演成喜剧

有人还未来得及

演完

就离去

没有永远的主角

也没有

永恒的看客

5. 不说再见

将星光收集

那么

无月的暗夜

就不再害怕

将种子播种
那么
收获的金秋
就不会失落

将鲜花松柏栽下
那么你来时
一路阴凉
一路芬芳

以花续命
以柏为生
以光为人
以种子
丰富这人生

如果我们遇见
就不说再见

同仁者

沉默中
碰触
吾心
每一处伤痕
悲
亦如我

炼狱里
没有天使
我同你
一样
我哭的时候
你不要疼我

美

春风
吹
皱
一池春水

人心
暗涌
波浪
涛

烈酒
清水
你饮
哪一杯

何以抚心

弹琴
常待知音

早起
盼有同行

舞墨
愿得印心

何以抚心
你心
抑或我心

煮熟了灵魂

焚琴煮鹤

踏污洁白的雪

躁动的高温

煮熟了灵魂

欢乐的人群

大地伤痛

烟火炙热

烤焦了世界

心情

人们面目模糊

双目浑浊

去洗吗

那澄明的水

是谁的泪

且留

一泓清澈

在人心

这是祈愿亦是祝福

如果没有了泪滴

如果只剩下泪滴

知止

鸟儿早起
有虫吃
早起的虫儿
被鸟吃
你是谁
生活有时
越进步越糟糕
进一步
山穷水尽

退一步
海阔天空
知止
守拙
退步
原来是向前
很多时候
生活
并非越快越好

赤子童梦

做一个游侠

孩童的心

梦想

执神鞭

走天涯

破帽遮颜

平淡无奇

危急时

一展绝技

无人能敌

或隐深山

浓雾

古林

不见真人

难觅踪影

江湖险

人心更险

唯有侠义

被世人演绎

成一个个传奇

童心（组诗）

1. 酿蜜

花丛中

忙碌

采蜜

人生一世

草木一秋

辛勤的蜜蜂

只有一季

将生命的香气

酿成甘甜

供养

并轻轻歌唱

2. 学习

知了

每天都说

知了

正如我一样
太多的灌输
只会让脑袋
进水
给得再多
也是遗忘

3. 爱情

一只壮硕的螳螂
在草丛散步
树干上爬行
田埂上跳跃
螳螂
不要去追逐
你的新娘
当爱过之后
你尸骨无存

4. 身价

乌龟
躲在烂泥塘的

水草里

安静

修道

龟息

在烂泥巴里

吐泡

若生若死

好过

在人类的菜市场

以身论价

5. 发光

萤火虫

星星遗落

在人间的

孩子

夏夜到处

巡游

河道田间

忽闪忽闪

他们说

还有我呢

别垂头丧气
记得发光

6. 星空

夏夜
满天繁星
是我们的课本
闪耀　美丽　灿烂
流星划过
奶奶说
人外有人
天外有天
静谧的星空
无边的苍穹
凉爽的风
大人们心系
田间的农活
小孩的心是
璀璨的星河

童眸（组诗）

1. 小鸡的理想

在格斗中脱颖而出
会下金蛋
让整个鸡世界膜拜
小鸡有很多理想
可它走出鸡笼
发现天空盘旋的鹰
就开始了躲藏
年深日久
便忘记了理想
十分苟且

2. 蚁的荣耀

缓缓移动
几十只蚂蚁拖着
一只僵死的青虫
它们步伐一致

同心协力

阵容豪华

雍容的蚁后

正在蚁巢等着

嘉奖

功勋卓越的它们

多么荣耀

在蚁的王国

3. 泥巴

大人们说

世界就是这样

大鱼吃小鱼

小鱼吃小虾

小虾吃泥巴

小鱼小虾说

不要吃我

可是泥巴

却没有说话

4. 渔夫和鸬鹚

舟行水中

放鸬鹚下水

捕鱼

收鸬鹚上船

取<u>鱼</u>

有一种渔夫

捕鱼

不带渔具

5. 生存

蚊子说

自己能唱会舞

还会吸血

卓越伟大

蜘蛛说

布局织网设陷

捕捉飞虫的能手

非常优秀

小鸡说

虫子都是

俺爱吃的小菜儿

老鹰说

被我盯上的

都逃不过我的利爪

猎人说

在我的猎枪下

你们是谁

细菌说

醒醒吧　人类

看看

谁才是真正的王

6. 各有其归

柔弱的蚯蚓

可钻进深深的土壤

缓笨的蜗牛

爬上了高高的树干

温顺的狗

狂吠追赶可恶的盗贼

乖巧的猫

从不放过来犯的鼠

母鸡并非天生强悍
却能为孩子而战
乌龟不吃一物
也可长久存活

老师说
天地生万物
各有其长
各有其归

童言

如果可能

羽化成蝶

一只小虫也能

创造生命的奇迹

如果可能

金蝉脱壳

长出

驾驭命运的翅膀

生命可以成长

那涅槃的

不只是凤凰

还有灵魂

死而复生

童语

人们争抢着
各种衣钵
可我没有什么
贴在身上
该向谁学
继承他

如果传承
也是一种信仰
我希望
我的心
也是一种真谛
从古到今

天地间

假如天为父

地为母

那么天地间

小小的便是我了

活在父亲的瞩目中

睡在母亲的掌心里

多么幸福

无忧亦无虑

我知道

风雨雷电

都有他们的脾气

有时候

他们只是

在天地间嬉戏

如同我一样

像一个孩子

我仰望着天

那是父亲

定有着威严的表情

慈祥有爱的眼睛

父亲

是山一样的刚强吗

需要仰望

可以信赖

父亲

那强大有力的臂膀

可以驱走软弱恐惧

击败邪恶

那博大厚实的胸怀

夜间所有孩子

都可以安然入睡

鼻息宁静

父亲

如那月明

将黑暗照亮

父亲

是那暖阳

融化所有寒冷的心

——绽放

孩子的信仰

——敬母亲

母亲

是心中一行热泪

母亲

是人间一缕慈光

母亲是苦的

厚厚的苦

母亲是乐的

浅浅的乐

母亲是一行

泥泞的脚印

母亲是一片

永远的净土

母亲是

一座山

无法用我的脚步

丈量

母亲
是树一般的
荫护
是一方水

逆流而上的我
永远向您膜拜
母亲啊
您就是我的佛

生命没有答案

忧伤
被日子
风干
搁在心底

太阳出来
我才发现
忧伤的标本
不只是记忆

潜藏着
在眼角湿润
你问我
为何忧伤
我也问自己

风氏之后
——来自昆仑山的姓氏

梦中
我见到八卦图
说
这是你的源起

说
你是风的后代
风氏万年之久
远古华夏第一个姓氏

那是九天玄女
文化始祖伏羲的姓氏
取火燧人氏告别黑暗
告别了禽兽

于是给自己
人类
取了一个姓氏

那就是
风

万年之古
风氏之后
我站在这里流泪
那么多的方块文字

可我已忘
原本属于我的
那一个字那一个姓氏
风氏

这个源于昆仑山的姓氏
这个快要被遗忘了的
我们的共同的姓氏　风氏

人间诗句

不必将人间风雨

种到我的心底

你不是我　不必替我

我是那麦地里悄然的刺猬

是稻田里安居的水鸟

是水中流泪的鱼

很黑很黑的夜里

我会用自己的衣帽

接住那些流星雨

枕着星光入梦

你不是我　不必懂我

毋庸多言

今晚

夜空好干净

宛如我心

没有阴霾

闪闪的星

似亲人

永远晶晶亮

真爱永不须多言

寒风

吹走多日浓雾

碧蓝的天

可妈妈说

家乡下雨了

冬雨好大好大

不必为我哭泣

故乡

真爱

永毋庸多言

第 六 辑

率 真 为 道

埙

来自青海的埙

手间滑落

碎成几片

埙

上下几千年

多么久远的音乐

古老的神韵

那么熟悉

空灵

悲伤

怅惘

让我常常想哭

手握碎片

埙

那从未曾离分的

岁月

家园

母亲的呼唤

家乡的炊烟

暮归的人

埙碎了

懊悔的我

如回不去家的

孩子

落下了眼泪

雪

我已忘记
雪的姿态　纷飞
那意境清冷静谧
皑皑白雪
喜欢那样的雪天
可在雪地里留下
深深的脚印

及膝的雪
那一种欢乐
只是记忆
我喜欢童年
那笑语的洁白
手中的冰
也是心里的暖

那样的纯真
清冽
我知道

唯有雪一样的

净洁

水一般的澄明

才可重生

对白（组诗）

1. 做自己的王

太平庸了
你要卓越的灵魂
身体是一种负累吗
永不屈服的倔强的灵魂
做自己的王就好

指点江山
纵马天下
你活在真善的世界
决不向现实妥协
你喜欢这样的气节

永远光明美好
气势恢宏
我的灵魂
是一个高贵的王者
却不属于这世间

2. 灵魂之光

他高高在上
我卑微苟且　可灵魂
却是我的另一半
我们如此相异
却要携手同行

接受我爱我
照亮我
灵魂　做自己的光
暖却千年极寒
一扫累劫愚暗

生活
从爱自己开始
若无灵魂只剩躯体
灵魂　请爱自己
从今天开始

或为自己
举行一个婚礼

就在当下
身体与灵魂
结为伴侣
清静欢喜

愿你深爱
穿山越海回到自己
那个朴素
良善的女孩子
已跋涉千里
将至老矣

率真为道

双脚走过大地
总会留下印迹
不想伪饰
只想
留一些童年的率真
让世界简单

还一缕温情
好让我挂念
热爱
不去寒心
不必
千疮百孔

能给的
都是真我
能晒的
亦是心灵
能抵达的

全是血脉之亲

不必扮另一个自己
我
何曾不是别人的
另一个自己
我的痛里
会否有您的伤

我的泪里难道
没有您的渴望
每个人都可以真
每个人都可以为光
每个人都行走于道

繁星

在天空中闪耀
比一颗
万亿年的钻石
耀眼

一个真正的宝藏
不埋没
沉睡
在深的地质层

星河静寂
你我皆是繁星
让生命成为永恒
让荣光充满此生

种子

我有一袋种子
只剩一袋种子
在山清水秀的地方
种下
等一抹绿色
一点希望
黑暗中
只是在萌芽
在地底下

白露

依云之意
承天之仁
下落凡间
泽被草木
晶莹剔透

白露
一个秋天之节气

应水之约
顺风之羽
集结为霜
滋养大地
上善之水

白露
一滴秋水的名字

清香

凛冽
生命的气质
梅
冬天的灵魂
冰雪的信仰
清香

来时

蓦然回首
才忆起
那时
当初
一个伤痛的
孩子

悲戚
天真
好奇
只是偶尔
才想起
来时

只因痛
不能已
一心
逃避
可痛是永恒

何以逃避

只等
新伤
掩盖了
旧痛
才知人世
真相

何必受伤
没有期许
就不会
有创伤
何须回望
来时

找自己（组诗）

1. 云游

或许
原本我是
一页遗落的经书
一行僧人的笔迹
是这天地间的微尘
一粒
得了灵气
来人间
云游

2. 归途

渴望同类
同声相应
在人们骄傲嘲弄中
找自己
或是进化得太快

忘了来处

自然

还有真

何处是归途

3. 找自己

在历史的残渣中

找自己

企图从碎片

重新发现

生的意义

伪装的

圣洁外衣

那被囚禁的真啊

早已扭曲

如何唤醒

正如唤醒我自己

4. 永不忘记

无法忆起

走失时的地址

四处游荡

失魂落魄

梦中

无数次的都是

少年样子

童年气息

无法回去

永不忘记

5. 有种纯真

用弹弓

将心情

发射出去

风太大

有种纯真

一丝不挂

在太阳底下

我是谁

在那些轻笑里

通体透明

6. 他人

无处可去
他人
到底是天堂
还是地狱
无论多远
除了回来
我知道
无法在他人心田
建一座美丽的城

7. 梦回

无数次梦回
回不去的家
隔河而望
我想回家
回家
何以回家
和自己在一起
是快乐的
和自己在一起

是踏实的
和自己在一起
是安逸的
吾心安时
太阳清风鸟语
没有人代自己
抱拥这
生命的果实
只有自己

最美的爱

——写给自己的情诗

一两相思

二两相思

三两相思

丝丝是你

遍野是你

暮天秋色是你

一瞬

也是你

只要有你

归矣

不再探索
向外之边际
无疆无域
不去烦恼
万物交集
恒变即幻
不再悲泣
缘生缘灭
无有自己
时间是一生的
良药
将一切清零
只愿归矣

一个人安静时
才发现
那个陌生人
在自己内心
没有言语

原来

自己的世界

门庭冷落

荒草丛生

久不归矣

冷冷清清

修整院落了

其实我喜欢

清理

静默

干净

那个陌生人

还活在过去的温馨

妈妈的美食

舒适的天气

闲散的假期

原来我喜欢

和自己在一起

原来我喜欢

全心全意

原来这

都是自己的兴趣

只是一场告别

蝉声渐弱

风也微凉

秋正赶来

只剩午后的热

仿佛夏天

在默默告别

渐行渐远的时节

一年过了大半

九月

我盼望着

中秋

那相聚甚好的美宴

好似这一生

喜乐不喜痛的我

那么厚重的笔墨

情义

却只能一路作别

过往　今日

未来

原来再漫长的一生

也只是一场告别

交集

生命是一种圆运动
轮回往复
有时你在圆的这边
有时你在圆的那边
如此重逢如此擦肩
如此得到如此失去
生命的交集
就成了彼此的命运
如果你是我的命运
祈请温柔一些
如果你是我的缘
祈愿至善至真
在生命精微的世界
一念也会痛

安顿

人来人往中
洗涤心尘
一杯清茶
安顿自己

热气袅绕
暖暖的
欣欣然
都是春天的萌绿

凝神中
安顿自己
春花夏雨
秋月冬雪

四季轮回中
安顿自己
别有洞天
另一番欢喜

观者
——给当下

只是旅行
亲爱的
静心回来
细观呼吸
听听风雨

没有音乐
呼吸就是
动听的音乐
风雨即为
美丽伴奏

万物都有
自己的缘
你有你的光
只是旅客
观者

一点素心
静对
天暗了
点亮灯
一生何求

深深悲悯

星星挂满天空

如果我也是那星一颗

俯瞰人间

找寻那望向我的眼

天地间何所似

我们通体透明

经过这人世

那不曾拥有的

从未曾失去

天为被地为席

何其清冷

星星挂满天空

我们通体透明

如果我也是那星一颗

俯瞰人间

找寻那凝望我的眼

深深悲悯

內在精神生命的覺醒才
是生命的開始是真正的
圓滿成熟與悲愍

癸卯六月一栗南陀 蘇書

315

旷野

我喜欢空旷的原野

冬日

残雪地

冷风

褐枝丫

没有人

不见鸟

我喜欢空旷的原野

灰白云天

莽荒的地

这样的寂静

做一堆雪

一棵树

一阵风

我喜欢寂静的旷野

沉思

爱
不在别处
只在内心

快乐
不必远寻
在于心静

幸运
何需妄求
只是同频

情怀（组诗）

1. 心疼一个孩子

只有孩子

才经常生气

妈妈爱你

才会寻你

家人疼你

才呵护痛惜

谁人在乎

你冰天酷暑

谁人万般将你忆起

人们更爱自己的孩子

只有傻孩子

才和世界赌气

谁人心疼一个孩子

以一颗人类的心

感应孩子的欢愉悲苦

世界请心疼一个孩子

没有人会心疼一个孩子

除了父母

天地

那些悲悯朴实的

2. 天使

人类的天使

透光

针毡上奔跑

欢笑

捧出心怀

殚精竭虑

不做天使了

很累

残酷

生剥活吃

孤独的舞者

微笑

无泪

做妈妈的天使

做神的天使

做天使的天使吧

不要做人类的
谁人不曾是
一个天使

3. 存活

寂默
玄妙
威仪
还有透亮
在各种形态中
存活
亲切
让人们欢乐吧
不必勉为其难
保持陌生人的距离
守住应有的边界
就是爱护自己
他人的道场
不去打扰
不必无间亲密
不必过于热络
最好风淡云轻
最好这样恒久静寂

美成童话

闭上眼睛堵住耳朵

躲开这个世界

无须侵扰

不必强加于我的灵魂

非礼勿听

非礼勿视

非礼勿说

清净自己

何须伤及无辜

对没有底线说不

对人性丧失说不

对强对弱的蹂躏

也要说不

请听听那柔弱的声音

看看那角落的眼睛

为何不能

好好护爱生命

让生灵世界

美成童话

悟

原本
只是过客
却以为
永恒
安乐吾心

那命中的
劫难
总以为
欢喜
满心相迎

有些负载
早该卸下
曾那么满
那么长
占据了一生

有些人

可以忘记

有些梦

没有重提

无从忆起

欸乃

有一种回忆
是童年
有一个幻梦
叫年少
有一份支离破碎
名青春

有一种精进
为成长
有一种告别
是翻页
有一份习得
名涵容

有一路过往
心无我
有一道行走
似微风
有一声叹息

成永恒

有一点闪耀
为捧出
有一声呼唤
自远乡
有一种爱
即重生

局外人

多年前
我是一个
懂事的孩子

多年后
我还是一个
懂事的孩子

生活没有
改变我
我亦没有
改变生活

浮生

漂在时间的流里

静静地

或行

或止

没有人来

一些有缘人会来

我知道

生命

不必太过拥挤

有的人来了

有的人走了

来不及说再见

有的人伤我

有的我伤人

能遇的

都是生命注定

只想守得

一世善缘

我对时间说

爱我点

我太累了

日月穿梭

燕子回时

寒来暑往

漂在时间的流里

静静地

能度的都是善缘

缘尽了就会离开

漂在时间的流里

静静地

一片落叶

远离了世界

不慕尘嚣

不追过往

随波浮沉

漂在时间的流里

静静地

一个泡沫

独立于世

融合于世

不曾离开

未曾到来

第 七 辑

王 者 时 间

春纪

雨为何落下
从我的心
涌到眼底
春已无寒意
那青色枝丫
还未曾绿

总有人
零落
作泥
养护万物
成就大道
在人们脚底

雨为何落下
漫天春花海
没有过去
那远去的
无人铭记

尘中

锦绣
春潮
欢乐萌动
大地
不堪承受

那呻吟
藏在暗处
损折的痛
一种献祭
如光

尘中佛子
不争
无语
假如黑暗
也是光明

春花

人世
且开且谢
一切归零
包括自己

新生

新绿渐浓

初夏

我开始想念自己

才发现蜷缩于冬的心

清冷

春天花事已了

冰雪还未融化

很多时候

静下心来

我就开始想念自己

到夏天来吧　亲爱的

绿荫蔼蔼　蝉鸣喧闹

荷花清香

夏日的火热

终将过去的寒

全都埋葬

庆贺自己死里逃生

新生

从自己开始

革新的不是别人

而是自己

时间　你　世界　当下

从一餐一饮中觉知

从一言一行中醒来

从极寒怨辱中了悟

万般皆是说法

缘来都是随它

扫尘

从自己的屋子开始

同光

从自己的心开始

觉知的不是别人

而是自己

醒来的不是双眼

而是心性

本真

到夏天来吧　亲爱的

不再感觉冷

从冷冬酷寒中慢慢苏醒

对自己好一点

你就是自己的世界

在阳光灿烂的夏日

向过去告别
做一个表里如一的
光明柔暖的孩子
永远透亮可爱
新生的不是别人
而是自己
从自己开始

夏荷

千枝万朵

荷

亭亭

清风徐来

芳华

曼妙

庄严

灿若群仙

同道者

有时你是
一首清新的诗
有时你是一幅
宁静的画
有时你是一场
跌宕起伏的戏

而现在你是
明泽的水
深流
你是闪亮的光
透过漫长的岁月
温暖独立

醒（组诗）

1. 会醒

欢歌

晓梦

迷醉

终究会醒

生命都有

自己的时间

不必太喜

也不必太悲

该来将来

该去将去

2. 只生欢喜

一念清静

万缘放下

自在欢喜

我喜欢

就这样

默默无语

我喜欢

就这样

只生欢喜

3. 懂自己

让石头说话

听小鸟唱歌

流水演奏

世界

千言万语

学会倾听

才更懂自己

看大千万象

无须语

宝藏

何须攀缘
自然
本是上缘

不必寻访
自己就是世上
最好的宝藏

不要叹息
当下将成
永远的过去

此心澄明

大风吹
它自吹
任风雨
摧折

躲在自己的世界
永远风和日丽
柔心细语
栽篱种菊

或星河灿烂
万物静谧
安住于自己
静静呼吸

不被打扰
不需要被打扰
不被理睬
不需要被理睬

没有邻居

也不需要邻居

不必知道你是谁

我又是谁

安住自己的宙宇

鲜花遍开

香气中沐浴

安宁闲逸

安住自己的宙宇

小鸟啼鸣

和着自己的心

欣悦澄明

王者时间

没有什么经得起

时间

放久了

土豆长出嫩芽

无法食用

只能丢弃

时间久了

牛奶变酸

瓜果也腐烂

原本可口的

任何新鲜

都会变质

没有什么经得起

时间

亲爱的告诉我

什么是永恒

在时间面前

没有永恒

而我只能臣服时间

让美人露出皱纹

让英雄只剩墓碑

没有什么是王者

除了时间

静

云是

飞逸的水

雪是

休憩的云

在高高的山顶

云拥着雪

雪依着云

那样安静

如我们的生命

什么是永恒（组诗）

1. 短暂的是生命

穿越虫洞
去另一个时空旅行
从另一个维度看自己

假如时空可逆转
当下可更改
假如一切重做选择

星际来去时空变幻
一瞬万年
什么是遇见

短暂的是生命
无垠的是宙宇
什么是永恒

2. 生之不息

人世间耕耘

天地间采摘

灵的信息

治愈

痴愚的心

至善的种子

悄悄萌发

大地承载之

厚朴

我安心奔跑

嬉戏

天空抚慰

阳光

雨

中秋的月圆

人间有爱

我终于

长大

至善至厚

生之不息

什么是永恒

3. 无量之心

什么是永恒
天空
大地
宙宇

他们说
爱过
就是永恒
那只是一瞬

或许
沉默
就是永恒
无量之心

永恒
神性的粒子
潜藏万物
无影无息

一笑

一念

一回眸

都是永恒

己亥平谷访太岁

穿越漫长的岁月

不只是千年　万年

而是亿年　几十亿年

地球的王者

太岁

一定是特别的昭示

才有缘拜会

在多个纪元的太岁前

人类很幼小

在几十亿年的长河中

人类有多久

在轻触太岁的那瞬

我穿过悠长无限的时刻

请允许我谦卑

太岁

可光合作用如植物

可食微生物如动物

可存活暗处如菌类

太岁

远古的
不朽的复合生命
历经了所有浩劫
在几十亿年的太岁前
人类太幼小
请允许我敬畏

渡

一舟以渡
见自己
见天地
见众生
同舟共渡

水天一色
无人
无我
亦无舟
一舟何渡

若生命只是一瞬

若生命只是一瞬
逆风　顺流
且随自然

少一些执着
多一些悲欣
且随它去

少一些消耗
多一点欢喜
且随它去

再多一些感恩
珍惜
且随它去

顺其自然
耕耘为道
当下即禅

让生命安住

呼吸之间

且顺自然

重返自然（组诗）

1. 高粱

高高矗立着

青葱的个子

两棵高粱

守护着城市一隅

静好

人世喧嚣繁忙

笔直的高粱不知道

花盆早已将它们

与大地隔离

盆栽的绿植

不会成为城市人们的信仰

可高粱挺拔向上

带着大地的祝福

沉默

还有倔强

2. 重返自然

在河边散步
到田野里奔跑
在森林里疗愈
流落的孩子
重返自然
轻抚尘世的灼伤
叹息的人们啊
请用嘶哑的喉咙
歌唱大地河流
山川大海
我们
重回母亲的怀抱
请用高昂的声音倾诉
向天地万物
不只是忧伤
不只是爱
我们情同手足

远观（组诗）

1. 色彩是调和的

如果你是红色

他是绿色

交汇处就成了黄色

三原色汇成白色

色彩是调和的

融通无碍

缤纷多彩

色彩是调和的

叠加

五光十色

如果你也是一种色彩

一道光波

是这个世界

色彩是调和的

每个人是自己

是个体

是局部也是整体

2. 相互歌唱

有一种只记得

歌唱自己

却忘记

歌唱他人的喉咙

相互赞美

才是希望

相互歌唱

才有亮光

3. 也请敬畏

千里之堤

溃于蚁穴

请允许我

敬畏

蚂蚁之微力

高高在上的人类

何以尊贵

那些弱小的

也请敬畏

水
——写在地球日

一定是创世者

悲悯的眼泪

落下来

地球就成了

一个蓝色的星球

水的世界

生命的源头

人类

本是那泪

那水

那一份孕育

那一种慈悲

人啊

请为自己流泪

我们亦是那水

人啊

看好我们的家园

我们的星球

欢娱并非恒久

只有一个地球

诸相

如果都是一个声音说话
如果所有的人都一个面孔

如果只有一个音符
如果只唱高亢的歌曲

只要压力够大
水会变金属或黑洞

人是不是也一个样
坚硬吞噬暗天无日

忘记生命的形状
诸相非相诸相有光

画圆

那时

我们笑得多么纯真

如那清晨的阳光

明媚的露珠

到处都透着亮

如今岁月流逝

如何重逢

那唇齿之间的沉重

轻拂去那人世的忧伤

可谁能还我那瞳眸里

清澈的光

开心地笑吧

你说

如那年少

人生就应该这样

或许可能

如从来没有痛过哭过一样

将欢喜种在脚心吧

这样就可以

步步生花

纯真无瑕

音乐（组诗）

1. 一个音符

做一个音符

在神的交响乐中

没有孤独

憎恨与斗争

也没有黑冷

只有动人的演奏

做一个音符跳舞吧

跟着自然的节奏

生命如此和美

谁是那宙宇的王者

让人们携手

以此伴奏

2. 音乐

曾经

我是多么渴望

音乐

如今

我只喜欢静

清空

心灵就会

演奏

最美丽的音乐

我只喜欢

自己的音乐

在自己的内心

变幻无穷

与神同奏

天长地久

朋友

请用你最纯净的部分

与我共鸣

我并非希望遇到完人

也请用那本真

给我回应

人世间何处寻神

最后也请你

跳出你的牢笼

想想我的世界

正如我曾替你

朋友

何以相共

不只是对视

不只是携手

而是在高处

灵的相拥

或许

这即是天长地久

我们的心至纯至真

惜惜相通

绵长恒久

这就是爱

穿透酷冷的寒风

冬日的坚冰

暗的夜

心要比冬天坚强

比星光闪亮

这样就不会受伤

就不会丢失希望

待那春风徐来

苜蓿草花

开满家乡的田野

我穿着厚重的棉衣棉鞋

奔跑在田埂

还如往常

大地变了模样

鸟语花香

我没有春的温柔

夏的浓烈

更不及秋深情

可我比冬坚韧

还剩下自己

和一颗柔软的心

空灵

这就是爱

悲心常怀

与时间同在

重回
——心灵历劫记

请赐我一种奇异的能力

重回过去

再赐我一块神奇的橡皮

将过去的创伤擦去

还请

多给我一些勇气与智慧

将未完的文章结尾

翻开的书本合上

将突发的混乱整理

把逃匿仓皇的自己找回

重回平静

淡然

还有简单的生活

快乐的自我

生命还于生命

一滴水太易干涸

走进良善的人群

与善知识融合

汇成小溪大河

无碍无拘

与有光者同行

彼此照亮

旅途满是希望

与悲苦者同愿

向何处去

良善的人在问

虔诚的人在祈祷

觉醒的人在悔忏

无尽的虚空仿佛在回应

向何处去向何处去

向何处去

天地无声

无形的风

无尽虚空

良善的人

向何处去向何处去

向何处去

忧伤的人们总是在追问

向何处去向何处去

向何处去

尘归尘土归土

虚空还于虚空

一滴水太易干涸

去向广阔的海洋

拥抱苍茫的天空

与无尽虚空融合

让生命还于生命

谁曾往来

屋子里看春天
花红柳绿
窗边观云
闲来淡去

静心时听风
起心时观人
那万家灯火
人行如蚁

从现在想过去
从过去到现在
谁曾往来
与谁同在

第 八 辑

永 怀 希 望

童梦

春天是孩子们的

浪漫欢乐

我也曾是春天的

孩子

活泼　欢悦

奔跑　嬉戏

一直在春天孩童的梦里

不曾醒来

觉得自己还是个孩子

那些没有玩完的游戏

还未进行完的比赛

没来得及收拾的玩具

都等着我回去

我以为我还是一个孩子

当我发现

春天是孩子们的

孩子们在那儿游戏

无忧无虑

原来

欢乐的童年已远去

原来

我只是在童年的梦里

原来

我只是想做一个孩子

永远活在春天

生机盎然

雀跃欢喜

不曾老去

原来

我只想活在童年的梦里

娘恩

一个动听的中国字

娘

一声美丽的呼唤

娘

一份撕心的牵绊

娘

做娘的孩子

将娘的温暖延续

想娘的孩子啊

请精进请努力

请继续

每一个孩子

都是娘的期待

念娘的孩子啊

还报娘恩

我们永远的根

深爱娘的孩子啊

永怀娘恩

永念娘恩

成长

寂寞是

肥沃的土壤

适合吾心

静静成长

思想拔节

闪光

领悟

忽然地

豁然开朗

原来

回不到过去

到不了未来

逃避了

自己　还有现在

时间的洪流

不要轻易走进他人生活

记忆会很深很痛

不要轻率对待一个生命

他会将你剖析连影都不剩

将人掰开

谎言无处遁形

将时代掰开

面具　脸谱

两面人

变脸　演戏

都在光下

时间怎可欺弄

人啊　请对自己负责

请对当下负责

请对后来负责

不要以为可以悄悄

走过那历史的重门

那只是掩耳盗铃

在时间面前

请磊落端庄

浩然一气

历史的聚光灯

将打在每一个人身上

谁能逃得过那时间的洪流

告别过去

习惯生活在过去

将记忆反刍

直到将所有的人

所有的事

都融化

舔舐伤痛

等时间慢慢结痂

总想告别过去

总是困在记忆

总想画上句点

那些恩害相生的

越纠结

越深陷

原来

不是所有发生

都有圆满结局

不是所有的人

都可以一一道别

不是每一颗心

全是美好

不是每一个时刻

都有亮光

原来对过去

最好的告别就是

当下

轻快的自我

天空落下雨

哪一滴是你的

那暖风暗送的花香

又如何切分

天上的星星

只能仰望

从到不了的远方

达不到的渴望

回来

从醒不来的梦

醒来

妈妈说我是一个

思家乡

长情的孩子

对太多的人与事

过于专注忘我用心

现在　请

从回不了神的那一刻

回来

从忘我的那一程

返回

从一路的惶惑中

回神

重回当下

那渴望飞升

穿越的梦境啊

心灵的童话

从美满的梦中醒来

直面残缺

重返当下

重返欢乐的天性

轻快的自我

为爱自己的

为爱自己的而活着

为爱自己的而微笑

为爱自己的而宁静

美丽独特

有精神气

远离骗局

臭腐

与不爱自己的隔离

爱那些生命的气息

为爱自己的而快乐

不要辜负了

爱自己的人的心血

能量

不要辜负了神灵的祝福

爱与光的气场

为爱自己的而活着

为神灵的祝福请成长

暖宝

喝一碗热汤吧

暖暖胃

初冬的夜里

听一首音乐

暖暖心

沏一壶热茶

暖暖这冻僵的空气

备一个暖宝

暖一暖这个冬季

做个暖宝吧

在一些寒冷的心里

漾出快乐的涟漪

和着冬日的雨

人们

心生欢喜

夫复何求

假如你真的成为光

假如你真的成为光
一定会轻抚万物
满怀悲心
那黑暗中低泣的
从此得到了关注
生命所求不多

假如你真的成为光
一定会拥抱世界
没有分别
不再计较绿色蓝色白色
或者执着紫色才是
最强能量

假如你真的成为光
一定会充满爱心
爱那些值得的
那纯真无邪
那温柔如水

那质朴沉默的

假如你真的成为光
一定会充满这个世界
不只限于一己之域
群星闪耀日月轮回
万家灯火交相辉映
一样媲美

假如你真的成为光
一定将沉睡的唤醒
万物复苏
按自己的时节生长
成为它们本来的样子
光明播下的种子

好好活着（组诗）

1. 人

灵
在天上
身子
在地
浮游

有时
飞在
轻盈中
有时落入
淤泥里

天地间
何所似
飘蓬
人
何去

何来

2. 心情

刚才

我是雷霆的愤怒

是狂躁的虎

现在我是

水里的一条鱼

是林中快乐的鸟

梳理自己的羽毛

如温柔傲娇的狮子

嫩绿的草原上

做自在的

自己的王

欢喜

3. 熬

五谷

杂粮

八宝

放入瓷锅

大火

中火

小火

慢慢炖

好粥都是

熬出来的

日子也是

煎熬是生活的

一种

慢慢熬

渐渐等

一碗暖粥

4. 好好活着

母亲拖着残躯

望向窗外午后阳光

岁月日复一日

晃晃荡荡

稚气的孩子

对母亲说　姥姥

好好活着

认真过好每一天

是啊

好好活着

看欢乐处得欢乐心

好好活着

看好身体和灵魂

好好活着

生命是一份温柔

灵性　坚韧

一种觉醒

相互守望的人们

都很宁静

5. 读书

故纸堆里

穿行

遇见贤达

圣者

真人

世界磊落

光明

浩然　无垠

与他们为伴

精进

学习

修行

读书快乐

吾又何求

6. 吃一个面包

我吃了一个面包

吃了农民的麦子

工人的面粉

糕点师的工艺

我吃了田地里的

阳光雨露

我尝了这个世界

农民的汗水

烘烤师的笑颜

我品了这个社会

劳动者的供养

欢喜爱心的给予

以一颗受予者的心

我吃了一个面包

十分感激

7. 春天来了

春天来了

悄悄地

我藏在花朵里

等妈妈找寻

叫唤

托一缕风

让花香钻进

妈妈的鼻子

心脏

好让妈妈发现

香气袭人

百花盛开

春天来了

不必再忆起

过去

冬天

忧伤

还有

冰寒的气息

8. 细节

吃蜂蜜啊

早晚几勺蜂蜜

东北黑蜂椴树蜜

恩施富硒百花蜜

衢州荷花塘益母草蜜

吃蜂蜜吧

朋友说

日子是甜的

早点儿睡

夜里 11 点不要工作

休息时间

朋友说

宁愿 4 点早起干活

11 点后不要工作

身体自己的

懂规律善爱护

一些叮嘱

流在日子的细节

一些人

活在自己的记忆

他们

心知道

他们的样子

行于我的宙宇

好好生活

我希望你每天快乐

物质丰盈不缺

活得温婉幸福

如你的文字性格

你只适合笑

朋友说

9. 苹果

苹果

一点都不圆

但很甜很甜

种苹果的人说

苹果内心美

没有农药

内心美是内在精神与心灵的觉醒之美是生命主体复苏之美

岁在壬寅腊月张氏书於北京

401

化肥

除草剂

自然生长

多希望

这个世界

自然生长

处处都是

内心美

甜甜的

咬一口苹果

清甜

甜得眼泪

都要掉下来了

甜得我的语言

都匮乏

不知道说什么

只能心里

暗自感谢苹果树

感谢

种苹果的人

感谢生活赐予

未来已来

饿极了的北极熊
只能趴下
北极冰　南极冰
正在融化
习惯低温萌笨的企鹅
焦急找寻记忆中的家
那哺育我们的
黄河长江的源头
最后的冰川
也在融化
听　正在消亡的生灵
无声无助哀鸣
不只是人类自己
还有自然
不只是欲望需要满足
还有家园还有母亲
为了家园
梦中
洪水淹没了家园

不在沉默中醒来

就在沉默中失去的

我们的家园

我们的依赖归属

希望还有未来

为了未来

未来已来

江河

江河奔向大海
江河的本色就是奔流
生命的本色也是
生命汇入茫茫人海
直到化为乌有
生命无法选择静止
让时间停留

江河哺育大地
江河的天性就是给予
生命的天性也是
爱与光的呵护
生命无法成为黑洞
只有吸入索取
永不给予付出

选择热爱

爱清晨的一缕霞光

草叶上一滴露珠

爱春日疯长的一株野草

夏天渐绿渐深的浓荫

爱秋天忙碌的农人

冬日荒芜萧条蛰伏的大地

选择热爱安静的自然还有

真实的生活

爱自己做好的饭菜

全力打扫清理后的屋子

爱自己写下的诗歌句子

那些忘我付出心血的时光

选择尊重平凡的善行

热爱灵性的生命

假如世界寂默

假如世界寂默
重现心灵的原样
最深的渴望
内在匮乏与伤
外在膨胀
扩张

我们没有不一样
重建内在的自我
内心充盈的人儿
欢乐
灵性
自带着光

各有其长的
人们
各有其归
各自闪亮
假如世界寂默

重现我们最真的模样

那些共同的渴望
爱与阳光
黑暗　啜泣
拒绝与隐藏
假如世界寂默
重现真我的模样

静默中倾听
清寂中成长
快乐　属灵的光
我们没有什么不一样
假如世界寂默
重现我们本真的模样

岁月（组诗）

1. 最好的证人

岁月
撕开生活的面纱
让稚嫩的眼睛不忍看
让欢乐的心想逃离

岁月
冲去所有的浮华
卸下美妆的世界
拙朴　荒凉

岁月
让所有难过的都过去
大浪终会淘去所有残渣
时间是最好的证人

穿过岁月漫长不堪回放
记忆的碎片

逆时间而行

重回年少

所有的语言都抵不过

那青葱岁月莞尔一笑

有时候世界是灰色的

阳光成为一种渴望

2. 笑着回眸

总有一天

笑着

回眸

看自己哭

那逆行的伤

天真的痛

人心的难

常觉寒

总有一天

那些难熬的

终成了岁月的歌

伴着年暮日子

残剩岁月

就清水煮茶

原来命运

拨弄低音的琴弦

何其深远

总有一天

会笑着

回看

总有一天

会笑着

看淡

总有一天

每件事每个人

都可释然

3. 爱

岁月漫长

或许

可能

上帝便派一个人类

来爱我

他了悟了神性

彻悟了光明

充满了人性

灵爱

那个人在

自己内心

是一位尊者

一个永恒

生命

不应有恨

生命原本是爱

生命

可以温柔

最珍贵的自己

任何昂贵的物品

都不及你

你的世界

你最珍贵

其余只是配饰

你才是

自己世界的主角

亲爱的

不必本末倒置

每个人都是

自己宙宇的王

闪亮光耀贵重之至

永远做最珍贵的自己

在时间的流里

好好爱自己

花香

喝一杯茉莉花茶

清香

日子里怎能没有花香

泡一杯桂花

家乡的八月啊

空气醉人

来一杯清新的小菊花

妈妈菜园里

自由任性绽放

还要品一杯玫瑰

加几块冰糖

再配些花饼

女人本是那

水的灵

花的魂

生命中怎能没有花香

且热爱真

人失去了真性

就如宝玉

丢失了通灵玉

天地间

一具躯壳而已

请呵护

最真的自己

向真

不违背自然

内心

不扭曲他人

还与清净

且热爱真

且依照真

请呵护性灵

自然　自性

且归依真

真理　光明

且做真人

且务求真

盐巴

时间
将生活的水汽都蒸发
生命的内核浓缩为
一粒盐
这命运的结晶体
那么涩
那么咸
在自己的内心里
慢慢沉淀
在岁月的长河中
渐渐消融
我只记得那浊浪
曾将我吞没
我只记得那泪水
无法流出
如那盐巴
腌制着所有情节
我已忘记那痛时
只剩呼吸
我已远离了那过去

到阳光下来（组诗）

1

你爱那首歌
我也爱那份忧伤
你映入我童真的世界
成了我年少的梦

2

对不了解的说爱
只是自欺
不付出但说情
那是瞒

3

任何让自己迷恋的
都可能将自己反噬吞没
生命不可承受那冷

亦无法承受那浓

4

对自己无知
对同频的认知
都可能带来劫数
谁能躲得过那生命之劫

5

保持对未知的敬畏
对生命的尊重
日月或是那天空的眼
悲悯着人世的哀痛

6

让生命隐没山水之中
将自己流放
关于　关于　关于
全部都遗忘

7

所有的暴雨都会停歇
所有的浓烈都渐淡然
时间会教会我们
清欢最为长久

8

打开生命的结吧
到阳光下来跳舞
歌唱我们自己
将心点亮
做光的孩子

9

隔离会让我们猜忌
对大地天空内心诚实
向宇宙虚空呼喊吧
敞开我们自己
与时间自然一起

双面——哲学的世界

低眉菩萨怒目金刚

仿佛天气

狂风暴雨风和日丽

万物在对立中统一

不必遮蔽那阴暗

亦无须高扬那华彩

凡事有一利必有一弊

人啊

不可偏废一物

亦不必拘于一隅

那分隔着的矛与盾

本是一体

人啊

那针尖麦芒的双面人生

本是哲学的世界

有一阴必有一阳

万象更新万象归一

或即是宇宙的秩序

第五种力

不是那万有引力

不是电磁场力

不是强作用力

亦不是那弱作用力

不要动念

会引起我心的涟漪

不用说那悲苦

痛是相通的

不用深深想念

心是相连的

更不要怨

穿透万物的心念啊

一念动天地皆知

透过时空的念想啊

真空会存记

智者说

这是第五种力

挠场

灵的世界

彼此祝福吧　人类
请温柔相待
让灵欢乐
让心和暖

缓缓归矣

世间喧嚣

安静是对世界

最好的温柔

不再剥开那伤口

告别创痛

不再等那故人

觅那归途

天地的孩童

在虚空中安个家吧

陌上花开

缓缓归矣

蓝色天幕星光闪烁

葱绿原野炊烟袅袅

童真笑语

人世

重回最初的模样

那年那月那日那时

时节（组诗）

1. 立春

寒风吹来

不一样的气息

北方玉兰花苞

裹着暖意

摇摆

宣告着立春

等了整个冬季

漫长

南方桃花开了

家乡春梅清香

故友若再逢

聊赠一枝春

闲话草青绿

游子已还乡

2. 清明

在清明的诗句中

穿过历史的细雨

踏青

插青

怀亲

经年未归的游子

归家的路那么长

何以归家

何以祭祖

以一颗清明的心

天地可鉴

无愧

代代先烈

辈辈始祖

世世英魂

（2022 年阴历三月三日轩辕黄帝生辰）

3. 谷雨

仓颉造文字

呼唤着

天地

万物

春天听到了

自己的名字

落下了泪

谷雨

祭仓颉

春雨落

百谷将生

谷雨

听布谷

在布谷声声中

耕行

播种方块字

用心

俯身

面朝黄土

我亦是农人

谁怜稼穑苦

阡陌大地

春耕的人们

四月的雨

无声的歌

我的声音不太美

可我爱唱歌

于是我便在内心悄悄唱

有人听到就说

你的歌不那么动听但很真

我仍想送你鲜花与掌声

这便是我的友人

有人说

你的歌还需要训练

我来教你吧

于是就成了我的师者

有人说

我听到你心中的歌

我们一起唱吧

于是就成了我的同路人

无声的唱和

在我们的内心

大地天空山川河流

无数生灵也加入进来

这支雄伟的交响曲

充满了欢乐泪水呐喊咆哮

这无声的歌啊

是我们的生命

是每一个生灵

充满了悲怆灿烂

寂静与永恒

不问流年

穿越

一瞬向过去

一瞬向未来

有一种纯真

欢天喜地

不问流年

有一颗颗心灵

无量透明

有一群人

拙朴忘尘

无人之境

去蹚那山涧的水

清浅

洗去那尘劳

做溪水中的石子

任岁月冲洗

如人世的我们

将过去安放吧

山水清秀

趁我们还年轻

活在诗句里

永远不老

永不受伤

如这清泉

在荒无人烟的地方

被世界遗忘

原谅过去

那不曾有幸福的模样

永怀希望

如那河流

相约在前方

如那微光

交会在心的道场

上善若水

这即是我们心的想望

向着未来

我们浩浩荡荡

去那更远的远方

永怀希望

我们的歌

不只是情谊

不只是胞族相依

血浓于水

更是同道是信仰

是天地间最为纯净的力量

感谢您曾来过我的世界

以您自己的方式

或留下旧迹暗伤

但是没关系

亲爱的朋友

时间终将一切遗忘

感谢因您

生命更为纯粹

感谢因您

生命由此有光

做光的孩子（组诗）

1. 萌

将日月种进

大地吧

妈妈

我会沿着

这条小路

一日千里

精进

播撒

做光的孩子

萌发

河流澄澈

天地清新

万物纯净

我们的家

永远

时光浪漫

不染

日子磊落
光明

2. 光的孩子

做光的孩子
天真
明泽
于万物之中
欢喜

做光的孩子
一念
光明
于万物之中
会聚

做光的孩子
轻灵
闪亮
于万物之中
静寂

回思

微风不寒

青草又绿

寒暑多少轮回

苦乐参半

草木葱茏生生不息

不辜负大地

不辜负生命

亦不辜负自己

从来无长策

总是力行人

尽此之心

但有光耀处

本就无完人

一生刹那

思来时

悲喜总是自度

何曾度人

观自己看天地观众生

且欣然且怆然

且淡然

大雅

古琴

一音可通天地

一曲可得知己

岁月

是一把古朴的琴

谁

是那弹奏的双手

无声演奏

历史的洪流

逆时光而行

天地之间

五音之弦

世外的琴客

默然而坐

有一种胸襟

让人感动

有一种悲悯

从不动容

有一种琴声

只在人心

是名大雅

致青春

你爱那浮华

爱那梦幻

爱那色彩斑斓

那生之寂寞

与灿烂

我与你

星与星

相距

多远

尽管可以相互

望见

后记

"待到雪消后，自然春到来。"生命如此自然。我与诗歌的缘分也是如此。

从小时候父母给我们讲家乡公安"三袁"兄弟在长江江滩作诗的故事，到初三语文老师杨启明告诉我随手写下的文字就是诗；从此后求学时偶尔写下的诗句被亲友老师欣赏喜爱，工作后遇到原《青年文学》诗歌版主编黄以明先生、茶友董泽宇等相继鼓励结集出版，一切的缘分都是那么自然而然。

对于诗集出版，我是惶惑的。原《全国新书目》杂志副总编张铁林老师鼓励我"诗写得好，应出版"。现任《全国新书目》主编阚汉元老师也鼓励我"诗歌清新自然，给人心以抚慰"。媒体出版行业老前辈杨柏榕老师点评道："你的诗歌，最让我欣赏的是有思想。""是一部好诗作，满怀信心去出版吧。"大学老师胡成功的话给了我鼓舞。特别是多年领导兼同事陈雪根老师也鼓励我出版，后来还应允写序。这给予了我极大的肯定，欣慰文字与精神的耕耘亦有意义。

非常感谢、感恩各位师友的提携与扶持，感谢、感恩黄以明老师、胡成功老师、陈雪根老师为诗集写序言；

还有平日里一直通过微信交流读我诗作的师友黄以明、杨伿旻、陈雪根、胡成功、张小木、董泽宇、张闪星、胡美兰、王从清等，他们不仅给我鼓励，更给予诸多点评或指导。特别是被称为"诗人中的诗人"的艺术评论家黄以明老师，多次点拨提携，在此一并感谢！当然还有多年的小伙伴先华等，特别感谢。此外我的家人也一直是我诗作的读者，感恩生命中能有这样的陪伴。感恩生命的馈赠，此心足矣。

同时感谢邱华栋、周瑟瑟老师主编的《中国当代诗歌年鉴》（2020）选编我的诗作《偶感》，也给了我鼓舞。

当然我的诗作有诸多局限，或受家乡湖北公安"三袁派"提出的"独抒性灵、不拘格套"的创作观点的影响，或误解了"直心便是道场"这一句，以至于偏好直抒"性灵"、执于朴直等。愿自己进步。

诗歌写作陪伴我成长，让我的天性自然舒展、心灵的探索及内在的成长得以实现，更让我不断认识自己。这是写诗对我的助益。每个人都有年轻、惶惑之时，那些无法言说、不能表达的内心世界，不时从笔尖流出。准确地说，诗歌写作对自己来说更是一种心灵的疗愈。写诗，是心灵之感悟、心灵之追问、心灵之成长。这样的心灵成长，或者这样一个女孩儿的精神成长可能会带给人以启示。这是我的初心。

曾仕强教授曾谈道："人不仅仅是一个物质生命的

存在，同时也是一个精神生命的存在；人和一般动物最大的不同，在于具有精神生命。"北大楼宇烈教授也提出"关注精神生命的成长"。或许这即是我们内在精神生命觉醒的时刻。总以为，好的生活在于我们每个人自己的自我觉知、自我发现以及自我成长。总以为，如果不能成为精神与心灵觉醒的人，那么，我们将是彼此的黑暗。总以为，我们每个人好，这个世界就安。

生命诞于世，就意味着独立。每一个独立的生命，都无意识地寻求着与自己、与他人、与这个世界的内在的联系。诗歌写作于我更是如此。找寻内在的精神的联系，与亲友的联系、与故土的联系、与这个人世间的内在精神联系等，那不曾染着的心灵世界，至真至纯。我们每个人都一个样。了悟自己，发现他人，或许另一个生命正是另一个自己。

随着脑波都可被解读的读心智能时代的到来，精神与心灵的觉醒或将是必然，文化将迎来新生，甚或将重塑物质的世界。或许可能，生命可以被尊重、可以醒来，世界可以和美。宇宙长河，生命只是那匆匆一瞬，其意义取决于我们自己，命运亦如此。或许内心的安宁才是真正的生命的幸福。我们每个人都可成为内在充盈的人，都可选择过内心充实的生活、成为欢乐有光的生命。

感恩生命中诸多助我扶我之人、爱我励我之人。感恩你们对我的爱护，特别是对探求内在自我、探求精神世界的鼓励。感恩相遇相识，生命之缘，且行且惜。感恩生养之家乡湖北公安，"性灵文学"派三袁故里、智者大师出生地；自幼沐浴率直、灵性之风，可为养育。

湖北公安隶属荆州，两地依江相望。荆州是三国时期天下必争之地，亦诗人屈原故国楚都郢所在处，亦伯牙故里。多有古楚"不服周"义勇之气，亦多忧国忧民离骚之风，更有三国"古今多少事，都付笑谈中"的淡然超脱之民风。从小耳闻目染，本来无我，此一个我皆故乡故土故人之烙印。

回想少年时代，在新华书店购买第一本诗集《朦胧诗选》，那时激动的心情仿佛现在还留有，北岛、梁小斌、顾城等这些朦胧诗派诗人的精神气质无不激发着我们以一颗诗意的心观察、思考与探求；常会回想自己读女诗人舒婷、席慕蓉的诗歌，美而且温柔，如蒙蒙细雨抚慰着年轻惶惑的心；回想自己读泰戈尔、普希金、拜伦、艾略特、白朗宁、惠特曼等世界著名诗人的诗作，整个世界都安静下来。我喜欢世界就是这样，如此温柔静美。或许正是这样的滋养，我便与诗歌结下不解的缘分。

还记得高中从同学陈亚军那借了一本厚厚的《诗经》未及时还，惹得几句抱怨，于是一气奔向宿舍将书取回还了。当时委屈，因为喜爱诗歌，现在想起来应感恩同学的。还记得高中女同学刘玲在教室外长阳台上说，我们都那么爱诗词，做好朋友真好。听后有些激动，只是沉默。或许她以为沉默是拒绝吧，其实我只是不善言辞而已，一直觉得很辜负这位同学的热情。还记得大学时，未曾谋面的因诗歌结缘的广西、南京的两位笔友。好想对他们说，真没想到能将这一爱好持续这么久，拜生活所赐吧。其实，写作的本质是艰苦的，诗歌写作亦是如此。

写诗，如赤子般奉于世；感恩世界呵护了这份天真与单纯，于是便以之回献于人世。被爱过，所以爱了这个世界，原谅自己和这个世界所有的不对。曾仕强老师说："人生最难得有情。"且自珍惜，以为纪念。

在此，按时间先后顺序一一致谢各位恩人！特别感谢北京正一派黄道长的题字！特别感谢全球世界华人总会执行主席、全球和平村发起人张学博以及全球和平文化倡导者郑化良的题词！

在这里还要特别感谢的是著名诗人《中国，我的钥匙丢了》《雪白的墙》的作者梁小斌老师在病中为诗集题词，感谢感恩支持与提携！

特别感谢原文化和旅游部直属机关党委组织部部长张民老师、原《中国工商杂志》执行主编张小木老师、文物鉴定专家收藏家北京印社会员日本篆刻家协会会员李彦君老师、媒体友人张萍等多人的点评。特别感谢友人程从科、国际生态生命安全科学院生态学院院士付元辉的点评。

同样依时间顺序，特别感谢各位老师梁小斌、黄以明、杨伟旻、张民、李彦君的书法作品，特别感谢中学同学王芳爱人陕甘麟的书法作品。

常常想，每个写作文字的人，都是在用自己恭敬诚挚的心向天地而拜。那虔诚或可感人，如若精诚之至则万物相应。那么，愿我的文字也有所应，被有缘人读到、懂得并喜爱。

为本诗集写推荐语的老师也给我极大鼓舞。感谢诗人、珞珈诗派创始人之一、十月文学奖、闻一多文学奖等奖项获得者陈勇，感谢资深媒体人、原《界面新闻》《经济观察报》《第一财经周刊》等媒体创刊总编辑何力，感谢北京师范大学诗歌研究中心主任、文学院教授、著名评论家谭五昌，为本诗集题写推荐语。

在此，更要感谢长江文艺出版社及编辑等，让诗集得以付梓。

女子情怀皆为诗

王从清

这阵子较忙，今天闲来，翻阅柒岳的诗集，总是有一种如沐春风的感觉，在这个炎热的夏季感到了丝丝的凉意。一些小感受录于后。

一、可以入歌的诗

柒岳的诗一如她的人，纯真、淡雅、清新自然，一种小女子的感触跃然纸上。她的好些诗皆可入歌，比如《少女》《爱》《游子吟》《写给友人》等。像《少女》中：

你走过来
她转过身
她不用她的眼看你
她用她的背影
她的长发
她的每一根神经

每一丝战栗看你

你望过去她垂下头

她不用她的眼看你

她用她羞红的脸

明净的额

紧闭的唇

如黛的眉看你

她不用她的眼看你

大胆的想象、白描的手法、一幅少女在恋人面前羞涩的表情，如半开的荷花娇羞地呈现在你面前，无一丝矫揉造作，真实而精彩！

同样的，还有《游子吟》这首诗也给我深刻印象：

我向往浩瀚的大海

故乡啊

不是我不爱你

门前那条清清的河

夜夜流入我的梦里

我向往辽阔的草原

故乡啊

不是我不爱你

爷爷坟头的青草

疯长我所有的记忆

我向往雄伟的大山

故乡啊

不是我不爱你

母亲缝补的衣物

捎来稻花飘香的气息

故乡啊

不是我不爱你

落花似雨的黄昏

子规轻啼

不如归去

　　这首怀乡的诗，读来令人潸然泪下。故乡的山水总让诗人梦牵魂绕。怀着一颗对故乡的那种噬骨般的思念，写来行云流水一般，"爷爷坟头的青草／疯长我所有的记忆。"可谓入骨三分。这样的句子还有"母亲缝补的衣物／捎来稻花飘香的气息"等，于细微处见真情。

二、热爱生活、感悟人生

　　人生处处皆是诗，只要你有一颗发现美的眼睛，有一颗善良的心。柴岳的诗就是这样，来源于平常的生活平常的事物，一花一草皆含情。比如诗意浓郁的《年轻的日子·听雨》：

　　　　小雨
　　　　淅淅沥沥
　　　　江南

　　　　油油的青草
　　　　漫过
　　　　所有的原野

　　　　小河的水
　　　　淌着
　　　　绿

　　　　谁
　　　　是我的
　　　　天与地

让我

也做棵青草

疯长

在这一个

潮湿芬芳的

雨季

读此诗感觉，烟雨江南，一个撑着油纸伞的曼妙女子，飘然而至，美轮美奂、回味无穷、心怀伤感……

《活过》这首诗，也是让我读来不能释怀：

在别人的故事中

替人流泪

忘了自己也会

藏在别人的剧情里

以为这样

就可以避免了生活的苦

说好了笑的

一直都笑

拈花微笑

我要省略所有的忧愁

省略我自己

以为这样

就可以没有了活着的痛

忘记自己

我已习惯

在别人的悲伤中哭泣

后来才会发现

落下的都是自己的泪

原来没有可以避免的苦

没有

可以省略的痛

　　作者对痛苦的理解，对生活的感悟，令我感同身受。同是在京城打拼的异乡人，那种漂泊的艰辛、工作的压力，写出了千千万万北漂人共同的心声。但诗人又是坚强的倔强的，一个不屈服于命运摆布的形象让人伤感中多了一丝佩服。尤其喜欢诗中这样的金句：

在别人的悲伤中哭泣

后来才会发现

落下的都是自己的泪

原来没有可以避免的苦

没有

可以省略的痛

三、感悟人生、不染风尘

柴岳的诗来自生活中的点点滴滴，有好多富含哲理的感悟，让人从中得到启迪，像《尘土》：

终有尘归尘土归土的时候

假如生命是

一粒尘埃

不必轻扫

也许并不会落在你的幕布

更不必企图留住

不过是一粒尘土

无论多少尘浊泛起

总有水沉静之时

生命终有一天会澄清

你是你的水

我是我的尘

你是你的

我也是我的

总会有尘埃落定的时候

无论这一生多么辛苦

终有分别的一天

永不再会

生命原本自由

你走你的

我走我的

　　是啊，人生中两个生命的交集，只是一个瞬间。在漫漫宇宙长河中，人类仅仅是飘在空中的一粒粒尘埃，更不用说能够掀起一朵小小的浪花了——那只是一个奢侈的梦罢了。所以活着，有缘就要好好珍惜。

　　爱自己、爱家人、爱朋友、爱人生，诗人洁白无瑕地活在天地间，不染一丝风尘。这样的诗随处可见。印象比较深刻的是《天真·我的名字》：

父亲给我一个美好的名字

定是想让你呼喊我

不要迷路

早点回家

可你没有来

没有人珍视我的名字

父亲给我一个美好的名字

定是想让你用心唤我

唱深情的歌

写入心的字

可你没有来

没有人珍爱我的名字

父亲给我一个美好的名字

定是想让你念想我

无论走到哪里

都不会将我忘记

可你没有来

没有人挂念我的名字

父亲给我一个美好的名字

定想让我结一世善缘

没有伤害

只是信任信仰

与深爱

可是你没有来

等风、等雨、等雷电都可以，等不来牵挂我名字的那个人也没关系。那就珍爱自己，因为我的名字最美好，我的名字是唯一。至少读这篇文章的人会喜欢你的名字的。是的，我想会的。

天气炎热，于匆忙之中写出这些文字，还有缺少打磨的地方。愿诗人在未来的日子里，诗意生活，写出更多更好的作品。让我们拭目以待！

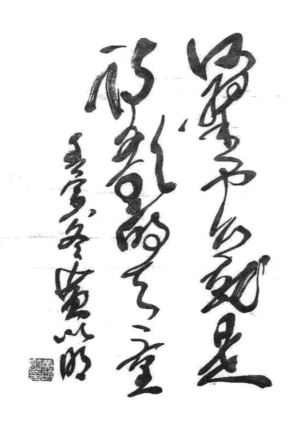

茶壶：

人生中两个生命的交
集只是一个瞬间，在
茫茫宇宙星河中，人
类众众只是飘在空
中的一粒粒微尘。

王竹青 2025年画
于北京

456

多年未见，你没有变
还是那个充满童真
爱思考的好奇宝宝

你的小伙伴：先华
2024.
12.7.

457

心性之感悟

純真 純情 純粹

張萃有感

458

柒岳：

你古诗一般的生活中，
品味生命深处的苦楚与甘甜，
寻觅着人生的幸福之光。

张小木
二〇二三年岁末于

459

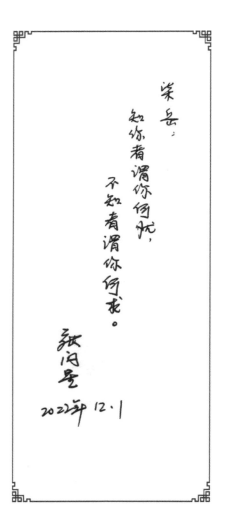

柴岳：

知者谓你何忧，

不知者谓你何求。

张内是

2022年 12.1

460

海德格尔说:"人应当诗意地栖居.但是,能做到诗意栖居于大地的人,凤毛麟角.

愿我们见天地,见众生,见自己,像柴岳一样,诗意栖居大地!

程宏科

二〇二二·十二·三

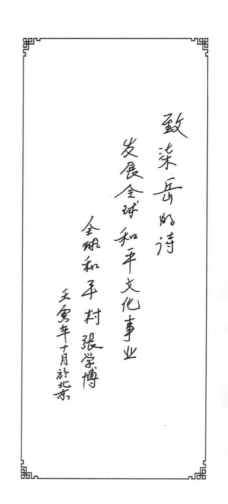

致柴岳的诗

发展全球和平文化事业

全球和平村 张学博

壬寅年十月于北京

462

致：柴岳的诗

世界大同，天下一家
发展世界诗词文化

全球和平村：郑仕长
庚年十月

463

人说悲愤出诗人，
我说大爱更出诗人。

张锲林

464

谨致柒岳的诗
生命在她里头
这生命就是人的光

拜读后感
傅元辉于壳年十月

465

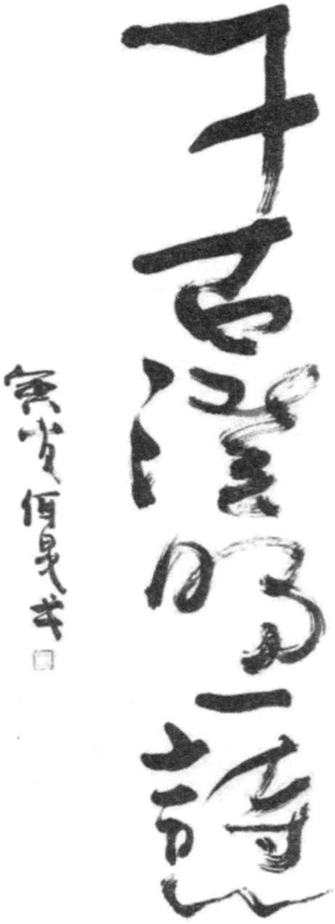

图书在版编目（CIP）数据

做光的孩子 / 柒岳著. — 武汉 ：长江文艺出版社，
2024. 6
ISBN 978-7-5702-3282-6

Ⅰ. ①做… Ⅱ. ①柒… Ⅲ. ①诗集－中国－当代
Ⅳ. ①I227

中国国家版本馆 CIP 数据核字(2023)第 139575 号

做光的孩子
ZUO GUANG DE HAIZI

责任编辑：胡　璇　石　忆　　　责任校对：毛季慧
封面设计：祁泽娟　　　　　　　 责任印制：邱　莉　王光兴

出版：长江出版传媒 | 长江文艺出版社
地址：武汉市雄楚大街 268 号　　　 邮编：430070
发行：长江文艺出版社
http://www.cjlap.com
印刷：湖北恒泰印务有限公司

开本：880 毫米×1230 毫米　　　1/32　　　印张：15.5
版次：2024 年 6 月第 1 版　　　 2024 年 6 月第 1 次印刷
行数：7628 行

定价：78.00 元